노벨문학상과 번역 이야기

유영학술총서 01

노벨문학상과 번역 이야기

**노벨문학상과 번역
그 치열한 만남**

정은귀 외 지음

마리오 바르가스 요사 Mario Vargas Llosa

오르한 파묵 Orhan Pamuk

비스와바 쉼보르스카 Wisława Szymborska

가즈오 이시구로 Kazuo Ishiguro

루이즈 글릭 Louise Elisabeth Glück

올가 토카르추크 Olga Tokarczuk

욘 포세 Jon Fosse

노벨문학상을 맞이하는 문화부 기자, 출판편집자
그리고 번역가들이 풀어내는 이야기

HUEBOOKs

집으로 돌아오는 골목길에 울리는 전화

해마다 10월은 노벨문학상의 계절이다. 올해 노르웨이 작가 욘 포세가 노벨문학상을 탄 후 보름이 채 지나지 않아 국내에서 그의 희곡 판매량이 지난 30년의 판매량을 단숨에 돌파했다는 뉴스 기사를 본 적이 있다. 포세가 노벨문학상을 타기 훨씬 이전부터 그의 작품을 번역, 소개하던 한 번역가는 "살다 보니 이런 일도 있네요?" 했다. 그는 그의 작품이 좋아서, 그의 작품을 무대에 공연으로 올리고 싶어서 번역에 힘을 쏟아 왔던 터였다.

이런 일을 앞에 두고 곰곰 생각하게 된다. 노벨문학상이란 무엇인가, 번역이란 무엇인가? 어떤 작품에 노벨문학상이라는 권위가 덧씌워지면 독자들은 호기심에 그 작가의 책을 빠르게 사는데, 이 현상을 두고 어떻게 해석해야 할까? 노벨문학상 작품을 읽지 않으면 유행에 뒤떨어지기라도 할 것 같은 어떤 갈급함일까, 무엇이 이 작가에게 노벨문학상이라는 영광을 주었는지 독자의 천진한 호기심일까?

'노벨문학상과 번역이야기'는 2022년 유영학술재단 심포지엄에서 모인 목소리들을 다듬은 책이다. 애초에 우리의 관심은 노벨문학상보다는 문학번역이 이루어지는 과정에 있었다. 어떤 작가의 작품은 노벨문학상을 타기 전부터 천문학적인 돈을 지불하며 판권을 사는가 하면, 어떤 작가의 작품은 노벨문학상이 발표되고 나서 비로소 서둘러 번역이 시작된다. 언론은 언론대로 출판사는 출판사대로 또 우연이든 어떤 계기로 노벨문학상 작가의 작품을 번역한 번역가대로 노벨문학상이라는 어떤 사건을 둘러싼 이야기를 들어보고 싶었다.

그렇게 일은 시작되었고, 노벨문학상을 보도한 기자도, 노벨문학상 작품을 편집한 편집자도, 또 다양한 언어권의 번역가들도 모두 흔쾌히 이 작업에 참여하게 되었다. 심포지엄이 끝난 후, 그 다양한 목소리들을 그냥 사장시키는 것이 아깝다는 유영학술재단의 적극적인 제의로 이 다른 결, 다른 무늬의 하나의 책으로 묶어서 나오게 된 것이다. 그 과정에서 몇몇 번역가들을 더 초대하여 노벨문학상과 번역이야기를 다채롭게 꾸밀 수 있었다.

해마다 10월 초, 가을 저녁을 발갛게 상기시키는 노벨문학상 발표, 나는 주로 집으로 돌아오는 골목길에서 기자들의 전화로 노벨문학상 수상자 소식을 비교적 빨리 듣는 편이다. 수상자 발표가 있기 전에 전화를 받고, 누가 받게 될지 가늠해 보기도 한다. 기대와 예측은 대개 어긋나고 골목길의 나는 빠른 걸음으로 돌아와 책상에 앉는다. 영미권의 작품이 노벨문학상을 받게 되면 새로이 노벨문학상의 영광을 입은 작가의 작품에 대해 이야기를 해야 하기에.

그 저녁은, 다른 한편 이런 질문을 되풀이하는 시간이기도 하다. 왜 우리는? 이토록 시를 사랑하는 사람이 많다고 하는 한국에서는 왜 노벨문학상이 나오지 않을까? 다소 피로하고 낡은 이 질문은 어느 한 작가에게 노벨문학상에 대한 기대가 몰리면서 되풀이되곤 했다. 지금 그런 질문을 하지 않는 조금은 조용한 우리가 오히려 더 좋다. 때로 노벨문학상을 타지 못하는 것이 번역의 문제라면서 그 화살이 애꿎게 번역에게 돌려지기도 한다. 우연히 번역한 작품이 노벨문학상을 타면 그 작품을 미리 번역한 출판사는 팔리지 않던 책의 재고를 재빨리 소진하고 새로이 책을 찍어낼 것이다. 어떤 믿기지 않는 행운이 온 듯.

하지만 우리는 안다. 작가가 노벨문학상을 타기 위해서 글을 쓰지 않듯이, 번역가들 또한 노벨문학상을 겨냥하여 번역하지는 않는다는 것을. 노벨문학상과 번역은 문학과 독자가 만나야 하는 어떤 절묘한 지점을 만들어 주는, 어떤 관계망을 형성해 주는 두 축이다. 그 지점의 좌표들은 모두 처한 위치에 따라 조금씩 다르겠지만, 출판사도, 번역가도 기자도, 모두 노벨문학상이 우리에게 올 때 어떻게 오는가, 무엇이, 어떤 힘이, 글만 써온 어떤 작가에게 노벨문학상을 부여하는지, 어떤 힘이? 거기에 관심이 있다.

그래서 2022년 유영학술재단의 심포지엄을 기획하면서 우리는 이런 질문을 해 보았다. 기자에서부터 출판사, 번역가, 연구자들이 모여서 노벨문학상과 번역을 둘러싼 다채로운 풍경을 한번 솔직하게 그려보자고. 노벨문학상은 어떻게 소개되는지, 어떤 경로로 번역되는지, 작품이 노벨문학상을 만나면 번역은 어떻게 달라지는지, 등등. 노벨문학상이라는 커다란 권위를 둘러싼 여러 풍경들을 가늠해 보면서, 우리는 지금 여기의 공간에서 문학이 어떤 의미를 갖는지, 노벨문학상과 번역을 중심으로 톺아보고자 했다.

곽아람과 최재봉은 각각 노벨문학상을 가장 발 빠르게 취재하여 사람들에게 알릴 언론의 임무를 돌아보며 그 현장을 생생하면서도 예리한 문제의식으로 전한다. 그 치열한 현장의 목소리를 더 많이 듣지 못하고 두 분만 모셔서 조금 아쉽지만 그 두 목소리만 해도 보도의 현장에서 겪는 경험과 착잡함 등 다양한 감정을 생생히 돌아보게 한다. 지금도 현장에서 문학 관련 책이 나오면 일일이 읽고 기사를 쓰면서 독자들에게 문화의 마중물을 건네는 문화부 기자들의 수고로움과 정성에 대해 이 기회를 빌려 고마움 표한다.

김경은, 이정화는 모두 노벨문학상 관련 작가의 책을 많이 펴낸 베테랑 편집자로서 노벨문학상에 대한 보다 폭넓은 시선을 전해 주어 독자들의 궁금증을 대폭 풀어줄 것이다. 편집자는 작가나 번역가 못지않게 문학에 대한 애정과 예리한 눈, 거기다 꼼꼼한 손을 가진 사람들이다. 이들의 글이 편집 현장에서 노벨문학상을 둘러싸고 진행되는 일의 다채로운 과정, 문학이 출판 현장에 차지하는 무게를 잘 보여준다.

송병선, 이난아, 정민영, 정은귀, 최성은, 홍한별은 문학 번역 분야에서 빼어난 번역 실력으로 두 언어를 오가며 많은 작품들을 번역한 번역가들이다. 이들은 오르한 파묵, 마리오 바르가스 요사, 욘 포세, 루이즈 글릭, 쉼보르스카, 토카르추크, 가즈오 이시구로 등 노벨문학상 수상 작가들의 작품을 번역한 경험을 작품에 대한 이야기와 함께 풀어낸다. 작품의 가치에 중점을 둔 글이든, 번역의 행로를 소상히 보여주는 글이든, 모두 노벨문학상과 번역을 둘러싼 흥미로운 풍경을 담고 있다.

챗GPT가 문명의 신비한 대안처럼 떠오른 시절이 되고 보니, 문학 번역을 하는 이들은 막다른 길에 몰린 것 같은 느낌마저 든다. 실제로 번역은 품에 비해서 돈이 되지 않는 작업이다. 한 저명한 번역가는 번역한 시간과 번역료를 계산해보니, 최저임금에도 턱없이 부족해서 번역을 계속 해야 하는지 말아야 하는지 심각하게 고민했다는 이야기도 있다. 아마 번역가라면 누구나 실감하지 싶다. 곤고하게 절룩이는 번역의 장이지만, 변치 않는 한 가지 사실은 문학 번역이 아니고선 전할 수 없는 이야기들이 있다는 점이다.

평생을 글만 따라간 곡진한 작가의 작업은 번역의 옷을 입지 않고서는 다른 세계의 독자들에게 전달될 수 없다. 번역에 몰아치는 많은 변화의 물결 속에서도 확인하는 것은, 작품을 읽는 처음이자 마지막 인간, 번역가와 독자는 영원히 남으리라는 것이다. 노벨문학상이라는 거대한 축제의 장 이전에 이 세계의 고단한 목소리들, 들리지 않는 목소리들에 집중하는 작가들이 있고, 그 작가들의 이야기를 지금 여기로 전해 오려는 번역가들이 있다는 것을 기억해 주시기를, 이 책이 노벨문학상과 번역을 둘러싼 여러 풍경들을 잘 보여주면서 앞으로 우리 사회에서 문학 번역과 독자들의 만남을 훨씬 다채롭게 또 적극적으로 만드는 작은 지렛대가 되기를 희망한다.

정은귀

유영학술총서를 시작하며

유영학술재단은 장학 사업과 함께 번역의 학술적 연구 및 번역 문화 창달을 위한 번역 지원 사업을 합니다. 그를 위해 2007년에 "유영번역상"을 제정하여 "지난 한 해 출판된 영문학 인바운드 번역서 중에서 최고의 작품을 선정하여 번역자의 노고를 치하드리는 것을 통하여 번역 문화 진작에 기여한다"는 기치를 내걸고 올해로 17번째 시상을 맞이합니다. 그동안 유영번역상은 아웃바운드 번역에 치중된 한국의 번역 문화 속에서 거의 유일하게 인바운드 번역서와 번역자를 시상하는 상으로 자리매김하고 이제는 전문 번역가 사이에서 한 번은 받고 싶은 상으로 회자되기에 이르렀습니다.

번역상 시상과 함께 재단에서는 번역의 학술적 연구를 진작시키고자 올해로 8회를 맞이하는 연세대학교 영어영문학과 BK21 사업단과 공동으로 번역 심포지엄을, 그리고 한국영어영문학회 국제학술대회(ELLAK)에 "YOO YOUNG Memorial Translation Session"을 받아서 일 년에 두 번 번역에 관한 학술 심포지엄을 해 왔습니다. 번역 심포지엄은 2015년에 시작된 만큼 실질적으로는 올해 아홉 번째를 헤아립니다.

매년 두 가지의 번역 관련 심포지엄을 하면서 그해 그해 의미 있는 테

마와 주옥같은 발표와 토론을 주워 담을 그릇이 없는 것이 늘 마음에 걸려 왔고 언젠가는 아담한 그릇을 준비해야지 다짐을 해 왔습니다. 그리고 그것을 실행에 옮길 기회가 작년에 찾아왔습니다. 작년에는 '노벨문학상은 어떻게 번역되는가?'란 테마로 번역심포지엄을 준비했는데 사회자를 포함한 7분의 패널의 발표와 토론 한 구절 한 구절이 그대로 휘발되어 버리기에는 아까운 마음이 들었고 매년 힘들게 심포지엄을 준비해 주시는 기획위원 여러분께 상의한 결과가 이 책입니다. 편저자인 정은귀 교수님의 노력으로 열 명의 원고가 하나의 보배로 꿰어졌습니다.

오늘 이렇게 첫발을 뗐습니다. "시작이 반이다"라는 말이 있듯이 시작이 없으면 다음이 없지만, 모처럼의 소중한 시작도 이어지지 않으면 의미가 없게 됩니다. "계속하는 것이 힘이다"라는 일본 격언이 중요한 가르침을 줍니다. 이번에 한국외국어대 지식출판콘텐츠원에서 시작을 허락해 주신 "유영학술총서"를 아무쪼록 착실히 계속해 나가리라 다짐하면서 글을 마칩니다.

2023년 11월 5일
이사장 유혁수

차례

·제1부·

노벨문학상을 둘러싼 이야기

노벨문학상을 둘러싼 이야기

"

절대 유명한 사람이 수상자가 되면 안 되었다. 하루키

는 물론이고 이슬람 모독 논란으로 습격당한 사건 때문에

사람들이 기억하는 살만 루슈디, 내 생각엔 대중이 잘 모

를 것 같지만 부장은 대중적이라 생각하는 미셸 우엘벡도

되면 안 되고, 또 누구 있더라? 하여튼 안 돼, 안 돼.

알리는 사람들 곽아람

조선일보 문화부 출판팀장

'마감 맞춤형 수상자'를 기다리며

큰 기획기사 쓸 때를 제외하곤 신문사 문화부 기자는 기본적으로 개인플레이를 한다. 문학이면 문학, 출판이면 출판, 학술이면 학술 각자 맡은 담당 분야를 독립적으로 취재하고 기사도 혼자 쓴다. 그런 문화부 기자들이 한자리에 모여 단합해 일할 때가 1년에 딱 한 번 있으니 바로 노벨문학상 발표 날이다. 노벨문학상 발표 시간은 한국 시각으로 목요일 밤 8시. 우리 신문의 경우 지방판 신문 강판은 밤 9시 15분. 적어도 9시 전엔 마감하고 지면을 채워야 하니 그야말로 발등에 불이 떨어진 상황. 문학 담당 기자 혼자서는 감당이 되지 않으니 일을 분담한다. 문학 담당이 수상자가 누구인지에 대한 스트레이트 기사를 쓰는 동안 누군가는 수상 요인 등 해설 박스 기사를 쓰고, 다른 누군가는 외신을 찾아 번역하고, 또 다른 누군가는 수상자 연표를 만들며, 누군가는 번역서를 낸 국내 출판사 등을 취재한다. 이른바 '집단지성'의 결과물이라고나 할까. (고은 시인이 유력한 노벨문학상 수상자 후보였을 땐 매년 노벨문학상 수상자 발표 날이면 기자들이 그의 집 앞에 대기하고 있기도 했지만, 2017년 성폭력 의혹이 불거진 이후 그 풍경은 사라졌다.)

해마다 노벨문학상 시즌이면 조금이라도 관심 있는 이들은 저마다 다른 염원을 품는다. 출판사 관계자들은 자기네가 낸 책의 저자가 받기를 기원할 것이고, 애국심으로 충만한 이들은 한국 작가가 수상하길 기대할 것이며, 문학 애호가들은 좋아하는 작가를 밀고 싶을 것이다. 그렇지만 기자들의 관심사는 이 모든 일과는 좀 거리가 있다. 어쨌든 간에 일을 수월하게 하고 싶으므로 '마감 맞춤형 수상자'가 받길 바란다.

마감 맞춤형 수상자란 누구인가? 무라카미 하루키처럼 대중적인 작가는 일단 아니다. 그는 너무 유명하기 때문에 문학에 관심이 없는 사람도 한 번쯤은 이름 들어봤을 인물이다. 이런 작가가 수상하면 독자의 관심이 높을 것이므로 기사 중요도가 커져서 신문 종합 1면부터 시작해 여러 면을 펼쳐 기사를 쓰게 된다. 한 마디로 품이 너무 많이 들고 다른 신문보다 더 잘 해야 한다는 부담도 생긴다. 2021년 수상자인 압둘라자크 구르나처럼 국내에 잘 알려지지 않은 인물은 어떤가? 당시 한림원이 수상자를 발표할 때 우리 부서에서 그의 이름을 알아들을 수 있는 기자가 아무도 없었다. 외신을 보고 누가 상을 받았는지 겨우 파악했지만 기사 쓰는 데 난항을 겪었다. 국내 번역서가 없어 자료가 드물었기 때문이다. 당시 나는 재택 근무를 하며 일이 주어지길 기다리고 있었는데 지도부가 전의(戰意)를 상실한 모양으로 아무리 기다려도 연락이 오지 않았다. 다음날 타지(他紙)를 보았더니 다들 '아, 모르겠다…, 이 정도만 하자' 하고 포기해 버린 기색이 역력했다.

그러니까 '마감 맞춤형 수상자'란 한국에 번역서는 있고 문학을 좋아하는 독자들이라면 어느 정도는 알지만, 대중적이지는 않은 인지도 애매한 작가. 그래서 지면을 여러 개 펼칠 필요 없이 종합면 스트레이트 한 줄과 문화면 한 면 정도로 가볍게 마감할 수 있는 작가다. 작품세계에 대한 전문가 기고를 미리 받아놓기까지 했다면 금상첨화다. 그렇지만 그런 '마감 맞춤형 수상자'가 탄생하기란 쉬운 일이 아니다.

••

2020년 노벨문학상 발표 날이 생각난다. 하루키일까, 옌롄커일까, 마거릿 애트우드일까? 발표 10분 전까지 부원들끼리 '만원빵' 내기를 했는데 그해에도 한림원은 '마감 맞춤형 수상자'에 대한 우리의 염원을 들어주지 않았다. 수상자가 발표되었지만 전혀 예상에 없던 이름이라 모두가 못 알아들었다. 루이즈 글릭? 그게 누구야?

생전 처음 듣는 작가의 작품 세계와 수상 의미로 신문 한 바닥을 한 시간 만에 만들어야 하는데 집단지성이라는 게 소용이 있는 건지⋯. 패닉 상태에서 지푸라기라도 잡고 싶은 심정으로 논문 사이트를 뒤졌다. 양균원 대진대 교수가 계간 학술지 『현대영미시연구』에 발표한 「자아의 부재에서 목소리를 내다」가 당시 루이즈 글릭에 대한 거의 유일한 한국어 논문이었다. 급히 양균원 교수의 연락처를 수배해 전화했다. 작품세계에 대해 이야기를 간략히 듣고, 그가 번역한 시를 신문에 쓰겠다고 요청해 허락받았다. 글릭의 대표작 「야생붓꽃」을 순식간에 타이핑해 문학 팀에 넘겼던 기억이 난다. 정신없는 와중에도 시가 무척 아름답다 생각했다. "고통의 끝에/

문이 있었어요.//내 이야기를 들어주세요./당신이 죽음이라 부르는 것을/기억해요.//머리 위, 소음들, 소나무 가지들이 움직이는 소리들./그 후의 정적. 연약한 햇살이/마른 표면 위에서 깜박였어요.//"(루이즈 글릭, '야생붓꽃' 중)

2019년은 또 어땠던가. 부원들 거의 모두가 남아 큰일을 앞둔 노동자들답게 삼겹살로 저녁 먹으며 소폭 몇 잔을 시원하게 비우고, 하얗게 비워 놓은 지면을 보며 심장이 쫄깃하게 긴장하면서, "기사 준비 안 해놓은 의외의 인물이 받으면 어떡하지?" "걱정하지 마. 2016년 밥 딜런 받았을 때도 다음날 문제없이 신문 나왔어." "자, 우리 다들 만원빵이나 할까?" 떨리는 마음을 진정시키기 위해 농 섞인 말들을 주고받으며 다시 사무실로 돌아와 발표를 기다리며 대기.

마침내 8시, 노벨문학상 홈페이지를 들여다보던 문학 전문 기자 선배의 당황스러운 한마디, "어… 폴란드, 폴란드…" 모두의 입에서 일순간 탄식이 쏟아지는가 하더니만, 문학 2진인 후배의 여유 있는 한 마디, "올가 토카르추크, 제가 인터뷰했던 작가예요." 모두가 '멘붕'할 뻔하다 안도의 한숨. 평소의 네 성실함이 우리 모두를 살렸구나. (한림원이 미투 사건에 얽히면서 2018년 노벨문학상 수상자가 선정되지 않았기 때문에 올가 토카르추크는 2018년 수상자이지만 이듬해인 2019년 그해 수상자인 페터 한트케와 함께 노벨문학상을 받았다.)

문학 기자들은 바쁘게 기사를 쓰고, 나머지 부원들은 외신을 뒤지며 지원하고, 다음날 신간 소개 지면 마감인 나는 벼락치기로 책을 읽다가 10시 넘어 동원되어 갑자기 '올가 토카르추크와 페터 한트케 수상 덕에 웃은 출판사는 어디인가에 대한 짤막한 기사 한 건을 쓰게 되었다. 급히 전화 돌

노벨문학상과 번역 이야기

려 취재해 썼지만, 그런 일들이 싫지가 않았다. 성실하고 야무진 어린 후배가 빠르게 놀리는 손끝, 문학 담당도 아니고 그날 야근도 아닌데 군소리 없이 앉아 기삿거리를 찾아내 토스해 주는 또 다른 후배의 명료한 목소리, 지면 다섯 개가 몰려 정신없는 순간에도 흔들림 없는 부장의 지시, 저마다 제일을 하는데 그것이 하나가 되어가는 몰두의 순간이, 아름답다고 생각했다. 그리고 또 한 가지, 노벨문학상 수상작 낸 출판사들이 기뻐하는 모습에 잘 안 팔리는 해외작가 작품이라도 좋은 작품이니 소개하겠다는 의지, 커다란 계산 없는 꾸준함이 결국 언젠가는 빛을 보는구나, 당장 눈앞의 성과에 일희일비할 필요 없구나, 뭐 그런 생각들이 들어 흐뭇해졌다.

●●

지난해인 2022년엔 정말이지 사무실에 나오기 싫었다. 노벨문학상 발표는 항상 목요일, 우리 신문의 북스 지면 마감은 금요일. 당장 내일 마감이 코앞인데 아직 1년 차인 팀원이 쓴 기사도 봐줘야 하고 이런저런 할 일이 많았다. 문학 담당도 아니고 엄연히 '출판' 담당인 데다, 전날도 당직했는데 다음 날 마감이었다. 작년처럼 재택근무 하면서 '대기'할 테니 손 모자라면 전화하시면 안 되냐고 하였지만, 부장은 "누울 자리를 보고 다리 뻗어. 호떡집에 불났는데 전화로 일 시킬 정신이 어디 있겠냐"며 단번에 일축했다.

언제나 그렇듯 제발 '사람들이 적당히 아는' 작가가 되길 바랄 뿐이었다. 하루키처럼 대중적인 작가가 받으면 종합면, 문화면 펼쳐야 하므로 일

커짐. 루이즈 글릭이나 구르나처럼 전혀 모르는 작가가 받으면 맨땅에 삽질해야 하므로 또 일 커짐. 몇 년 전 밥 딜런처럼 전 국민이 다 알지만 뜬금없는 인물이 받으면 또 일 커짐. 아…, 생각만 해도 피곤했다. 가장 바람직한 상황은 외부 전문가 기고를 이미 받아놓아서 힘들이지 않고 지면을 메울 수 있는 데다 우리는 아는데 대중은 잘 몰라서 크게 안 써도 되는 인물, 즉 '마감 맞춤형 작가'의 수상. 제발 그러길 빌면서, 영국 도박 사이트 나이서 오즈(Nicerodds)의 노벨문학상 배당률 코너를 들여다보는데 앤 카슨의 순위가 계속 올라가고 있었다. 앤 카슨이면 어떡하지, 전문가 기고 안 받아났는데…, 불안해하며 동료들과 저녁을 먹고 와서 한림원 유튜브에 접속. 두구두구두구…, 마침내 8시가 되었다.

작년 구나르, 이게 누구야? 못 알아들음. 재작년 루이즈 글릭, 이게 누구야? 못 알아들음. 재재작년 올가 토카르추크, 역시나 이게 누구야? 못 알아들음. 올해도 '이게 누구야?' 4연패를 달성할 것인가 두근댔지만, 스웨덴어를 하나도 모르는 내 귀에도 똑똑히 들렸다. 프랑스 작가 아니 에르노! 우와! 살았다! 드디어 마감 맞춤형 작가의 탄생이다!

국내 번역서 많음=정보 많음, 기고문 받아놓음=지면 채울 수 있음, 대중들 잘 모름=기사 안 커짐. 그리하여 문학 담당 후배와 전직 문학 담당인 당직자 후배가 기사를 쓰는 가운데 난 할 일이 없겠구나, 라고 생각했지만 그 틈을 놓치지 않은 부장이 국내 번역서를 리스트업 하라는 임무를 내려서 졸지에 표를 만들었다. 무려 국내에 17권이나 소개되었구나. 이쯤이야 뭐, 할 수 있지. 그러나 쉽게 넘어간다고 기뻐했던 것도 잠시, 나의 고난은 그때부터 시작이었다.

··

그 주 화요일 북스 지면 회의 때 부장은 목요일에 노벨문학상 발표가 있으니 유명한 사람이 받으면 토요일 자 북스에 노벨문학상 특집을 해야 하지 않겠냐고 했다. "네? 목요일 밤에 발표나는데, 금요일 마감날에 특집을 하라고요?" 부장은 "나 때는 했어. 발표 나고 밤에 여기저기 전화 돌려 취재하면 되지"라고 했다. 저, 저기요, 잠시만요? "그때 제가 부장 팀원이었는데 그 주 아니고 그다음 주에 했거든요!" 팩트를 들이밀며 항변해 보았으나 그분은 흔들림 없이 "바로 그 주에 하는 게 가장 좋아"라고 했다. 협상 결렬. "아니 근데 그러면 안 유명한 사람이 되면 특집 안 하고 평소처럼 리뷰해야 하는데 그러면 거기 대비해 리뷰할 책도 미리 읽어야 하는 거잖아요. 그게 뭐 어려운 일이냐는 듯 "응, 일단 읽고 있어." 하더니 부장은 휘적휘적 가 버렸다.

그러니까 보자. 그 주 나의 스케줄은 월요일 개천절 당직 야근, 수요일 또 당직 야근, 목요일 노벨상 야근, 금요일 북스 마감… 안 그래도 '죽음의 한 주'인데 확정되지 않은 북스 지면을 위해 일단 리뷰할 책을 읽고 있다가 목요일 밤에 발표 나면 그동안 책 읽은 걸 몽땅 없던 일로 하고 처음부터 다시 요이 땅! 해서 금요일 오후 4시까지 마감하라는… 하….

절대 유명한 사람이 수상자가 되면 안 되었다. 하루키는 물론이고 이슬람 모독 논란으로 습격당한 사건 때문에 사람들이 기억하는 살만 루슈디, 내 생각엔 대중이 잘 모를 것 같지만 부장은 대중적이라 생각하는 미셸 우엘벡도 되면 안 되고, 또 누구 있더라? 하여튼 안 돼, 안 돼. 저의 복지를 위해서는 차라리 구르나나 루이즈 글릭처럼 국내에 번역본 없는 작가가 낫지 말입니다. 아니면 밥 딜런이나. 밥 딜런 특집은 대중가요 담당 기자가 할 일이니.

여하튼 그래서 아니 에르노가 수상자로 선정되자 나는 고민에 빠졌다. 하루키처럼 모두 다 아는 작가는 아니지만 그래도 국내에 번역본도 많고, 특집을 해야 하나 말아야 하나, 아, 애매하네⋯. '페미니즘 계열 작가이니 남자인 부장 취향은 아닐 거야.' 생각하면서 공격이 최선의 방어이니 일단 달려가 "그럼 토요일 자 북스는 아니 에르노 국내 번역서 소개로 할까요?" 했더니 부장은 "가만. 에르노 번역서 많지? 그걸 오늘 정리해 줘야 독자들한테 정보가 되지. 당장 리스트 만들어." 했다. "그럼 북스 특집은 안 해도 되나요?" 실낱같은 희망을 품고 물었지만 돌아온 답이란 "그건 이따 생각하고." 결국 리뷰할 책도 '절반이나' 혹은 '절반밖에 못' 읽은 채 모든 게 불확실한 상태에서 번역서 리스트를 만들었다.

밤 9시 45분. 편집회의에 다녀온 부장이 불렀다. 어쩐 불길하다. 뭘 시키려고! "내일 북스는 『단순한 열정』을 리뷰하지. 에르노 대표작이잖아." 나 그 책 안 읽었는데⋯. 지금 이 시간에 새로운 책을 읽고⋯, 내일 리뷰를 하라굽쇼? 네? 망연자실한 표정을 하고 있자 부장은 "책 되게 얇아. 금세 읽어." 했다. "그럼 이미 읽은 부장이 리뷰하시면 안 되나요?"라고 하고 싶었

　　　　　노벨문학상과 번역 이야기

지만 그는 부장이고 나는 일개 부원이므로 일단 참기로 한다.

당장 책을 사러 가려 했지만, 교보문고 홈페이지를 살펴보니 광화문점엔 재고가 없었다. 그렇지만 절망하긴 일렀다. 전자책이 있었다. 디지털 시대 만세! 그날 지면 마감이 끝나니 11시가 넘었다. 그때부터 책을 읽기 시작했다. 과연 얇았고, 음…, 야하다. 책장이 쑥쑥 넘어간다. 순식간에 읽힌다. 그건 고맙다. 그런데 주말 아침드라마 같은 이 이야기로 리뷰를, 어떻게, 하지?

『단순한 열정』(1991)은 동구권 외교관인 연하 유부남과의 불륜 관계에 대한 48세 프랑스 여성 소설가가 회고하는 형식으로 이루어져 있다. 일인칭 주인공 시점인 이 소설은 익히 알려진 것처럼 아니 에르노 자신의 이야기다. 『단순한 열정』 출간 10년 후인 2001년 에르노는 1988년 9월~1990년 4월 쓴 일기를 모은 '탐닉'을 발표한다. 파리 주재 소련 대사관 직원이었던 열세 살 연하 남성과 나눈 밀회의 기록이다.

페미니즘 리부트 이래 국내에 아니 에르노 작품이 많이 번역돼 나오며 인기를 끌고 있지만 나는 이런 장르를 좋아하지 않는다. 문학이란 자유를 먹고 자라는 것이니 허구의 세계에서 불륜이라는 주제를 다루는 건 상관없지만 자기 이야기를 소설로 슬쩍 포장해 예술입네 하고 만천하에 공개하는 건 비겁하다고 생각한다. 불륜 상대인 남자야 그렇다 치더라도 그의 아내의 프라이버시는 어떻게 하나? 상대 배우자의 영혼을 송두리째 파괴해놓고 그 이야길 글로 써서 동네방네도 아니고 전 세계에 떠들다니! 정말 마음에 안 드는 여자라고 생각했지만, 신문 리뷰에 그렇게 쓸 순 없었다. 문학적인 뭔가를 찾아야 하는데… 일단 기사에 물릴 『단순한 열정』 영화 스틸 컷부터 찾아 회사 기사 작성 시스템에 띄워놓고 괴로워하며 퇴근했다.

다음날 출근하는데 머릿속엔 온통 아니 에르노밖에 없었다. 아니 (Annie) 에르노 아니(know)? 아니(no), 몰라. 이런 문답이 계속 맴도는 가운데 엉뚱하게도 미국 모 백화점에서 핫딜가로 구매해 뉴저지 배송 대행지에 있는 에르노(Herno) 다운 패딩 베스트 생각이 계속 났다. 아니 에르노의 '에르노'는 'Ernaux'지만….

두 시 반. 마침내 결전의 시간이 왔다. 마감 시간은 네 시, 더 이상 미룰 수 없었다. 마음을 비우고 무념무상의 상태로(그러니까 에라 모르겠다, 포기한 채) 쓰기 시작했다. 막장 드라마에도 미학이 있으니까. "육욕에 휘둘리는 중년 여성의 감정적 배설 정도로 전락할 수도 있었던 소설은 그러나 화자가 작가로서의 자의식을 강하게 드러내며 리비도를 예술혼과 동등한 자리에 놓음으로써 비로소 문학이라는 지위를 획득한다. 전희(前戲)는 집필의 디테일로, 절정은 탈고(脫稿)로 전이된다" 따위의 문장이 술술 나온다. 대체 마감은 무엇이고, 기자란 무엇인가. 어쨌든 신문은 나온다, 마침내.

2022년 우리 부서 모든 사람에게 '마감 맞춤형 작가'였지만 오직 단 한 사람, 내게는 아니었던 아니 에르노. 기신기신 북스 지면을 마감한 후 퇴근해 기진맥진해 뻗었다. 주말을 보내고 출근했더니 부장은 해맑은 얼굴로 "(내) 덕분에 (네가) 노벨문학상의 허들을 또 하나 넘었잖아?"라고 했다.

"

그렇지만 이런 투정과 하소연이 노벨문학상을 주
관하는 이들에게 전달되어 어떤 식으로든 변화를 끌
어낼 가능성은 전무합니다. 그렇다면 우리는 현실적
으로 가능하고 필요한 일을 해야 하겠지요. 그렇습니
다. 다시, 번역입니다.

알리는 사람들 최재봉

한겨레 신문 선임기자

기울어진 운동장에서 경기하기

노벨문학상과 한국문학

2022년 노벨문학상 발표를 코앞에 둔 9월 말 미국의 온라인 문학 사이트 〈리터러리 허브(Literary Hub)〉에 흥미로운 글이 올라왔습니다. '2022년 노벨문학상을 누가 받을지(받아야 할지)에 관한 어떤 예측'이라는 제목의 이 글은 한국 영화와 드라마, K팝 등이 영어권을 비롯한 세계 전역에서 인기를 끄는 '문화적 지구화' 현상을 언급하면서, 최근 스웨덴 한림원의 노벨문학상 수상자 선택이 이런 흐름과는 정반대되는 방향으로, 거꾸로 가고 있다는 사실을 지적했습니다. 이 글에서 얘기한 대로 2021년까지 최근의 노벨문학상 수상자 여섯 사람 가운데 넷이 영어로 글을 쓰는 이들이었고 나머지 둘 역시 유럽 작가들이었습니다. 2022년 수상자 아니 에르노를 더하면 최근 수상자 일곱 가운데 넷이 영어권 작가이고 나머지 셋은 유럽 작가라는 뜻이 됩니다.

이 글의 취지는 명확합니다. 한국 영화와 드라마, 음악을 전 세계인들이 즐기고 있고 아카데미상과 에미상, 칸영화제 황금종려상 등이 한국 대중문화에 주어지고 있는 것처럼 노벨문학상 역시 영어와 유럽 중심주의에서 벗어나야 한다는 것입니다(반드시 '한국' 문학에 노벨상을 주어야 한다는 뜻은 아닙니다). 이와 같은 당위에도 불구하고 스웨덴 한림원은 여전히 자신들에게 편하고 익숙한 언어와 문화권의 작가들을 고집하고 있다고 이 글의 필자들은 비판합니다. 필자들은 이에 따라 자신들이 생각하기에 노벨문학상을 받을 만하다고 생각하는 작가들 10여 명의 명단을 제시합니다. 아도니스, 응구기 와 시옹오, 마리즈 콩데, 에드위지 당티카, 앤 카슨, 욘 포세, 아니 에르노, 황석영 등이 그 명단에 올라 있더군요. 이 가운데 아니 에르노가 2022년 수상자가 되었으니 필자들은 자신들의 '예측'이 옳았다며 자축했을지도 모르겠습니다. 그들의 판단대로 아니 에르노는 노벨문학상을 받을 만한 충분한 자격을 지니고 있다고 봅니다. 그렇지만 글의 전체 취지에 비추어 보았을 때 2022년의 노벨문학상 수상자 결정을 아주 흔쾌히 받아들이기는 어렵다고 저는 생각합니다. 앞서 말씀드렸듯이 아니 에르노는 '또 한 사람의 유럽 작가'이기 때문입니다. 오늘 제가 발표할 내용은 바로 이 점과 관련이 있습니다.

노벨문학상은 '세계 최고의 문학상'으로 꼽힙니다. 반드시 상금이 최고액이라서 그렇게 불리는 것은 아닐 것입니다(최근 스페인에서 노벨문학상 상금을 상회하는 액수를 상금으로 주는 문학상이 생겼다는 소식을 들은 바 있습니다). 상금보다는 권위와 영향력에서 그런 평을 듣는다고 해야 할 것입니다. 노벨문학상은 또 부커상, 공쿠르상과 함께 '세계 3대 문학상'으로 일컬어지기도 합니다. '세계 최고'니 '세계 3대'니 하는 식의 표현은 물론 지극히 자의적이고 대중의 흥미를 자극하는 저널리즘의 말투라 해야 할 것입니다. 그러나 대중의 머릿속에 노벨문학상이 그런 위치를 차지하고 있다는 사실만은 부인하기 어려울 것입니다. 그런데 노벨문학상이 부커상과 공쿠르상과 구분되는 뚜렷한 특징이 하나 있습니다. 그리고 아마도 그것이 이 상을 '세계 최고'의 자리에 올려놓은 특징이라 할 수 있을 텐데요, 언어의 장벽에서 자유롭다는 사실이 그것입니다. 부커상이 영어로 된 작품에 주어지고 공쿠르상이 프랑스어 작품을 대상으로 삼는 데 반해, 노벨문학상은 특정 언어에 국한해서 주어지지 않습니다. 이론상으로는 세계의 모든 언어로 된 작품이 이 권위 있는 상의 수상 대상이 될 수 있습니다. 문제는 이론상으로만 그렇다는 것입니다. 현실에서는 전혀 그렇지 못하다는 것이 진짜 '문제'입니다.

신문사의 문학 담당 기자로 30년 동안 일하면서 저는 노벨문학상을 비판하는 칼럼을 여러 번 썼습니다. 오늘 제가 이 영광스러운 자리에 불려 나오게 된 것이 그 칼럼들과 무관하지 않다고 이해하고 있습니다. 2018년에 쓴 칼럼에서 저는 심지어 노벨문학상을 없애자는 과격한 제안(?)을 내놓기까지 했습니다. 물론 이 상을 주관하는 스웨덴 한림원에서 제 칼럼에 신경을 쓰기는커녕 아예 그 존재조차 모를 것이 확실하므로 그 제안은 제안으로서 의미가 없는 것이라고 해야 할 것입니다. 그럼에도 제가 그런 제안— 이라기보다는 주장을 한 까닭은 분명합니다. 노벨문학상이 매우 불공정하게 주어지고 있다고 보기 때문입니다. 그리고 그 점이 오늘 심포지엄의 전체 주제와 연결되는 지점이라고 저는 생각합니다.

노벨문학상에 대한 저의 불만은 단순하다면 매우 단순합니다. 그 상이 이론상으로는 세계의 모든 언어로 된 문학 작품을 대상으로 삼음에도 현실에서는 전혀 그렇지가 못하다는 사실이 저의 불만의 근거입니다. 이 발표문의 첫머리에서 제가 소개한 〈리터러리 허브〉의 기사 표현을 인용하자면 "백인인 여섯 명의 스웨덴인"이 결정하는 노벨문학상 수상자 선정에는 근본적인 한계가 있습니다. 그들의 "의심할 나위 없이 탁월한 취향"에도 불구하고 '쾌적 범위(comfort zone)'가 제한적이기 때문입니다. 어떤 작품이 이 심사위원들의 눈에 들자면 반드시 스웨덴어일 필요까지는 없다 해도 그들이 편하게 읽고 평가할 수 있는 '주요 언어'로 되어 있어야 합니다. 영어나 프랑스어, 독일어, 스페인어 같은 언어들이 바로 그분들의 쾌적 범위에 드는 언어일 것으로 짐작됩니다. 아시다시피 모두 유럽어들입니다. 그러니까 스웨덴어는 물론 영어, 프랑스어, 독일어, 스페인어로 작품을 쓰는 작가들은 일단 다른 언어권 작가들에 비해 출발부터 이점을 지니게 된다는 뜻입니다. 바꿔 말하면, 이 유럽어들이 아닌 다른 언어로 글을 쓰는 작가들은 불가피하게 핸디캡을 감수해야 한다는 뜻이 되겠지요. 제가 오늘 발표문 제목에 '기울어진 운동장'이라는 표현을 쓴 취지가 여기에 있습니다. 번역은 그 핸디캡을 보완하기 위한 유력한 수단이지만, 그렇다고 해서 그 보완이 완전할 수는 없습니다. 양과 질에서 두루 한계를 지닐 수밖에 없는 것이지요.

제가 번역의 필요와 가치를 무시하거나 번역자들의 노고를 폄하하려는 것은 아닙니다. 개인적으로 저는 번역을 매우 중요하게 생각하고 번역자들에게 늘 감사한 마음을 가지고 있습니다. 우리 사회가 번역과 번역자를 좀 더 적극적으로 평가하고 대우해야 한다고 믿습니다(어쭙잖지만 저 역시 몇 권의 번역서를 낸 바 있습니다). 제가 생각하는 번역의 불완전성은 차라리 생래적인 것이라고 해야 할 것입니다. '번역은 반역'이라는 말에 들어 있는 반어적 진실을 저는 지금 생각하고 있습니다. 문학이 언어로 이루어지는 예술 활동이라는 점에서 하나의 언어를 다른 언어로 옮기는 번역 작업은 불가피하지만 어찌할 수 없는 한계와 문제를 수반합니다. '시란 번역 과정에서 누락되는 어떤 것('poetry is what gets lost in translation')'이라는, 프로스트의 말로 알려진 금언은 시만이 아니라 문학 전체에 해당하는 말이라 하겠습니다. 물론 언어의 장벽을 넘어서는 문학적 가치가 아주 없지는 않을 것입니다. 그렇다면 오늘날 우리가 그토록 많은 번역 문학 작품을 향유하지는 못할 것이기 때문입니다. 번역에도 '불구하고', 또는 더 나아가 번역 '덕분에' 언어의 장벽을 넘어 전해지는 문학의 가치가 분명히 있다고 저 역시 믿고 있습니다. 그럼에도 불구하고 번역은 불가피하게 원전을 훼손하고 왜곡할 수밖에 없습니다. 번역의 태생적 결함이라 할 그런 훼손과 왜곡의 가능성은 번역자들을 자주 절망에 빠뜨리지만, 거꾸로 그것은 번역자들의 투지와 사명감을 부추기기도 할 것입니다.

제가 이 귀한 시간에 이런 하나 마나 한 소리를 늘어놓고 있는 까닭은 더 말할 나위도 없이 노벨문학상과 번역의 관계에 대한 제 생각을 여러분께 들려드리고 싶어서입니다. 아시다시피 오늘 심포지엄의 주제가 '노벨문학상은 어떻게 번역되는가?'이니까요. 그런데 제가 말씀드릴 노벨문학상과 번역의 관계는 오늘의 발표자인 다른 다섯 명의 선생님들의 말씀과는 다른 방향을 취하고 있다는 사실을 눈치채셨을 것입니다. 다른 선생님들은 대체로 노벨문학상을 받은 외국 작품을 한국어로 번역·출판하는 일에 대해 말씀해 주셨지만, 제 얘기는 주로 한국 문학 작품의 외국어 번역과 노벨문학상의 관계를 겨냥하기 때문입니다. 그리고, 부연하자면, 그것은 한국어로 된 작품들만이 아니라 이른바 주요 유럽어들이 아닌 '소수 언어'로 쓰인 작품들이 번역 과정을 거쳐 노벨문학상 심사위원들의 눈에 들기까지의 과정을 문제 삼으려는 것입니다.

노벨문학상은 스웨덴에서 제정해 시상하는 상이지만 그 대상을 스웨덴이나 북유럽 또는 유럽 문학이라는 식으로 제한하지 않습니다. 스웨덴이나 (북)유럽의 문학 작품이 아니더라도 수상 대상이 될 수 있는 것이지요. 그것은 그 범주 바깥의 작가들에게 분명히 기회를 제공합니다. 상과 상금을 받는 기회뿐만이 아니라, 그 상을 받음으로써 좀 더 많은 독자에게 읽힐 수 있는 기회가 되는 것이지요. 그러나, 그러자면 먼저 번역이 되어야 합니다. 노벨문학상 심사위원들이 모국어인 스웨덴어에 더해 몇 개의 유럽어에 대한 능력을 지니고 있을 것으로 짐작할 수 있지만, 그 밖의 수많은 언어에 대해서도 그만큼의 능력을 지니고 있지는 못할 것이기 때문입니다. 그 때문에 '주요' 유럽어가 아닌 다른 언어로 쓰인 작품들은 번역이라는 필터를 거친 상태에서 심사위원들의 책상에 가 닿게 마련입니다. '주요' 유럽어로 된 작품들이 원전 그대로 평가받는 데 반해, 번역 과정에서 불가피한 훼손과 왜곡이 빚어진 텍스트로 심사 대상이 되는 것이지요. 제가 노벨문학상을 두고 불공정하다고 말한 까닭이 여기에 있습니다. 상을 만든 노벨과 스웨덴 한림원의 선의에도 불구하고 제가 감히 노벨문학상을 없애자고 제안

노벨문학상과 번역 이야기

또는 주장한 것 역시 그 때문입니다. 상을 없애지 않는다면 수상 대상을 스웨덴어 또는 '주요' 유럽어 문학 작품으로 제한하는 것이 그나마 공정할 것이라고 저는 생각합니다. 상을 주관하는 분들의 의도와는 무관하게 노벨문학상은 수상하지 못한 작가와 언어권 독자들에게 부당한 열패감을 조장합니다. 무언가 우리의 역량이 못 미쳐서 수상에 실패한 것이라는 자기 비하에 빠져들게 합니다.

당연하게도 노벨문학상은 '세계 최고' 문학상이 아니고 노벨상 수상 작가가 세계에서 가장 잘 쓰는 작가인 것도 아닙니다. 설명할 필요도 없이 문학적 평가에는 객관적으로 계량화할 수 있는 잣대 같은 것은 없습니다. 그럼에도 적어도 대중의 인식 차원에서 노벨문학상은 세계 최고의 상으로 간주되고, 그 상을 받은 작가는 세계 최고 작가로 떠받들어집니다. 어떤 작가와 작품을 높이 올리고 대접하는 것이 나쁜 일이 아니겠지만, 그 반대급부로서 다른 작가와 작품이 열등하게 취급받아야 한다면 그것은 온당한 일이 아닐 것입니다. 최근 6, 7년 만이 아니라 노벨문학상의 120여 년 역사를 놓고 보아도 대부분의 수상자는 '주요' 유럽어로 작품을 쓴 이들입니다. 이런 수상 결과가 세계문학에서의 유럽 중심주의를 공고히 했음은 물론입니다. 노벨문학상 수상자 명단은 가령 '유럽 문학은 우수하고 한국 문학은 열등하다'는 식의 편견을 낳는 데에 책임이 없지 않을 것입니다.

그렇지만 이런 투정과 하소연이 노벨문학상을 주관하는 이들에게 전달되어 어떤 식으로든 변화를 끌어낼 가능성은 전무합니다. 그렇다면 우리는 현실적으로 가능하고 필요한 일을 해야 하겠지요. 그렇습니다. 다시, 번역입니다. 훼손과 왜곡을 최소화하면서, 가능한 한 많은 한국 문학 작품을 영어를 비롯한 주요 유럽어로, 뿐만 아니라 다른 많은 언어들로 번역해 내보내야 함은 물론입니다. 이 지점에서 제 발표는 앞선 발표자 다섯 선생님의 발표와 가까스로 만날 수 있을 듯합니다. 그리고 다섯 선생님이 하신 발표는 한국 문학 작품의 외국어 번역 출판과 관련해서도 시사하는 바가 크리라고 생각합니다. 반드시 한국 작가의 노벨문학상 수상을 위해서가 아니라, 한국 문학과 외국 문학들 사이의 소통과 대화를 위해서 번역은 필요합니다.

이런 원론과 당위 차원을 넘어 구체적인 전략과 방법론을 제시하는 것은 제 능력과 오늘 제 발표의 취지를 벗어나는 일일 듯합니다. 그와 관련해서는 이미 많은 전문가의 고견이 나와 있고 한국문학번역원과 대산문화재단 같은 관련 기구에서 필요한 일을 잘하고 있을 것으로 믿습니다. 취재 현장에서 느낀 실감으로 덧붙이자면, 최근 들어 한국 문학 작품에 대한 해외의 관심은 그 어느 때보다 높아 보입니다. 〈리터러리 허브〉의 기사가 언급한 한국 대중문화 주도의 '문화적 지구화', 그러니까 '한류'의 영향이 문학에도 직·간접적으로 나타나고 있다고 생각합니다. 작가 한강이 『채식주의자』로 2016년 맨부커상(현재의 부커상) 인터내셔널 부문을 수상한 데 이어 정보라의 『저주토끼』와 천명관의 『고래』가 2022년과 2023년에 연이어 같은 부문 최종 후보에 오른 것이 단적인 사례라 하겠습니다. 최근 몇 년 사이에는 김혜순 시인이 캐나다의 그리핀 시문학상과 스웨덴의 시카다상을 비롯해

노벨문학상과 번역 이야기

외국의 주요 문학상을 수상하면서 세계 문단의 주목을 받고 있습니다. 한국문학번역원과 도서 관련 에이전시 관계자들에 따르면 한국 문학 작품을 번역 출간하겠다는 해외 출판사와 에이전시들의 문의와 요청도 크게 늘고 있다고 합니다.

다른 한편으로는, 일종의 '상호주의'랄까 선제적·'공세적' 대응이라 할 법한 움직임도 눈에 뜨입니다. 노벨문학상의 편견과 한계에 대한 문제 제기 차원에서 '차라리 우리가 노벨문학상 같은 상을 만들어 시상하자'는 말이 일찍부터 나온 바 있습니다. 이즈음 박경리문학상과 이호철통일로문학상처럼 국내에서 제정한 문학상이 해마다 세계적 수준의 작가들을 수상자로 배출하고 있는데, 이는 한국 문학과 세계문학을 잇는 끈으로서 나름대로 긍정적인 역할을 하고 있다고 봅니다. 최근에는 부천 디아스포라문학상이 제정되어 역시 앞선 두 문학상의 뒤를 받치고 있습니다. 다만, 세 문학상의 운영 주체나 재원이 지방 자치단체라는 점에서 정치적 기류에 따라 상의 운명이 좌지우지되는 등 불안 요소를 지니고 있다는 점은 조금 아쉽습니다. 그럼에도 국내에서 시행하는 이런 문학상의 수상자들이 세계문학의 틀 안에서 한국과 한국 문학의 존재에 관해 일종의 앰배서더(대사) 역할을 할 것이라 기대할 수는 있을 듯합니다. 가령 2016년 박경리문학상 수상자인 케냐 출신 소설가 응구기 와 시옹오는 시상식에 참석차 방한했을 때 따로 시간을 내어 김지하 시인을 만난 적이 있습니다. 응구기 와 시옹오는 자신의 소설 『십자가 위의 악마』가 김지하 시인의 담시 「오적」의 영향을 크게 받았음을 여러 차례 밝혔고, 김지하 시인의 투옥과 관련해 1976년 도쿄에서 열린 '한국 문제 긴급 국제회의'에도 참석하는 등 김지하 구명 운동에도 적극적으로 참여한 바 있습니다. 응구기 와 시옹오는 해마다 노벨문학상의 유력 후보군으로 꼽히고, 수상자 발표를 앞두고는 캘리포니아의 그의 자택 앞에 많은 기자들이 대기하고는 하는 세계적인 작가입니다. 앞서 소개한 〈리터러리 허브〉의 예측 기사에도 당연히 이름이 올라 있죠. 이런 작가가 자신의 작품에 영향을 주었다며 한국 시인을 찾아가 만나는 장면이 모종의 가능성을 상징하는 것이라고 저는 보고 싶습니다.

한국 문학이 노벨문학상을 받자면 불가피하게 번역이라는 매개를 거쳐야 하지만, 그와 함께 번역 이외의 추가적인 노력과 행운 역시 따라야 할 것입니다. 비록 노벨문학상이라는 운동장이 크게 기울어져 있는 것은 사실이지만, 그래도 그 기울어진 운동장에서 최선을 다해 달리며 공을 차다 보면 어느 순간 골을 넣을 수도 있고 운동장의 기울기도 조금은 바로잡을 수 있으리라는 희망 섞인 예측으로 오늘 제 발표를 마치고자 합니다.

> **세**계문학전집 시리즈를 맡아온 해외 문학 편집자로서, 번역문학을 애호하는 독자로서 문학이 지닌 이 같은 힘을 믿는다. 그리고 해마다 노벨문학상 발표를, "이상적인 방향으로 가장 탁월한 작품"이라는 기준에 대한 올해의 해석을 기다리며 부디 그 신비한 힘이 멀고도 낯선 세계로부터 출발한 것이기를, 과거에 출발했을지라도 현재는 물론이거니와 미래에도 내내 우리를 환하게 비출 수 있는 것이기를 바라본다.

펴내는 사람들 김경은

前 문학동네 부장

"이상적인 방향으로
가장 탁월한 작품"에 대한 소고

『창백한 불꽃』, 『악마의 시』를 편집하며

노벨문학상은 다이너마이트를 발명한 알프레드 노벨(1833~1896)이 기부한 유산 3,100만 크로나를 기금으로 노벨재단이 설립되어 새로운 세기가 시작된 1901년 첫 수상자를 선정하며 출발했다. 1903년 공쿠르상, 1917년 퓰리처상(소설 부문은 이듬해부터 수상), 1968년 부커상 등이 제정되었으니 그야말로 20세기 문학상 탄생의 신호탄 격이 된 노벨문학상은 다음의 두가지 선정 기준을 따른다. "인류에 대한 가장 위대한 공헌(the greatest benefit on mankind)"이자 "이상적인 방향으로 가장 탁월한 작품(the most outstanding work in an ideal direction)". 전자가 현 6개 부문으로 시상하는 노벨상 전반에 적용되는 기준인 반면, 후자는 노벨문학상에만 특정되는 기준이다.

노벨문학상에 대한 논란의 요소

매해 10월 첫째 주 목요일에 발표되는 노벨문학상은 문학적 성취에 따르는 영예는 물론이고 거액의 상금과 더불어 출판 시장에 활기를 불어넣어 줄 전 세계적인 특수를 일궈 화제성이 크다. 공쿠르상이나 부커상과 달리 언어권이 한정되지 않으나 작가의 모국어로 출생지가 특정되어 국가별 대륙별 언어권별 배분의 공정성 논란과 함께 소수 언어권 문학이 겪는 소외 그리고 번역문학으로서의 한계에 대한 문제의식이 따른다. 또한 작품이 아닌 작가에게 수여되기에 해당 개인이 작가로서 이룬 문학 이력, 문학 세계에 기여한 공적에 대한 평가만이 유효하며 그 외의 이력은 무관한 것일 수 있는지를 따져 묻게 된다.

해외 문학 편집자로서 십수 년간 노벨문학상 발표를 지켜보며 관련한 비판적 물음에 동조하게 된 전기가 있다. 2018년 스웨덴아카데미는 성 추문 논란에 휩싸여 그해 수상자를 내지 못했다. 자연히 2019년의 선정은 전반적인 쇄신이 반영된 지향이리라 기대했으나 페터 한트케가 호명되는 순간, 노벨문학상이 지닌 권위에 대해 보다 첨예한 논란이 확산될 필요가 있음을 절감했다. 페터 한트케 수상 이전에 2016년 밥 딜런의 수상으로 동일 국적의 작가인 필립 로스의 문학적 성취가 과연 그에 못 미쳤는가를 논하는 비판이 뜨거웠던 일도 함께 논의될 만하다. 심사를 맡은 아카데미 회원들의 지위는 종신직이며, 이들이 논의한 후보 경합은 50년간 비밀에 부쳐진다. 롱리스트와 숏리스트가 공개되는 부커상, 파이널리스트가 공개되는 퓰리처상과 대비되는 데다 '이상적인 방향' 및 '가장 탁월한 작품'이라는 정량화 내지 표준화가 어려운 선정 기준을 따르니 논란은 불가피할 것이다.

이러한 논란에 명확한 입장을 표명하는 대신 유튜브 채널을 통해 노벨문학상은 도덕성 및 이데올로기와는 전적으로 무관하며 정치적으로도 독립성을 지향한다는 홍보 영상을 업로드하며 우회하는 방식은 유감스럽지만, 그럼에도 이해의 지점은 있다. 해마다 발표하는 그 이름과 선정 이유의 문장이 논란의 배경이 되는 두 가지 기준에 대한 현시점에서의 가장 명확한 해석을 내놓으려는 노력의 결과이리라 믿는다. 그렇기에 그 경향성을 훑어보는 일은 좁게는 노벨문학상에 대한 이해를, 넓게는 문학으로 역사의 일면을 조망해 보는 작업으로서 의미가 있을 듯하다. 2001년 노벨상 100주년을 기념해 발표된 글로, 스웨덴아카데미 회원이자 문학사가, 소설가, 시인인 셸 에스프마르크가 정리한 노벨문학상 100년은 '이상적인 방향으로'에 대한 해석의 방향성을 순차로 짚는다.(*The Nobel Prize: The First 100 Years*, Agneta Wallin Levinovitz and Nils Ringertz, eds., Imperial College Press and World Scientific Publishing Co. Pte. Ltd., 2001. 노벨상 홈페이지에도 게재되어 있다. https://www.nobelprize.org/prizes/themes/the-nobel-prize-in-literature/).

노벨문학상이 만들어지고 1912년까지는 '이상적인'을 '숭고하고 건전한 이상주의'로 해석했다. 이후 제1차, 제2차 세계대전이 발발하며 세계가 격변하자 '이상적인 방향'에 대한 협소한 정의를 버리고 보다 드넓은 인류애를 지향해 나간다. '인류에 대한 공헌'으로 새로운 가능성을 확장하는 데 기여한 작가들이 고려되고, 1980년대 들어서는 마침내 언어권 안배에 대한 시도도 강화되어 '최초' 수상자들이 탄생하게 된다. 아프리카 최초의 수상자인 월레 소잉카, 아랍어권 최초의 수상자인 나기브 마푸즈, 옥타비오 파스(멕시코), 네이딘 고디머(남아공). 그리고 최초의 흑인 여성 수상자인 토니 모리슨까지. 노벨문학상의 첫 100년은 20세기 마지막 수상자로 귄터 그라스를, 100주년인 2001년 수상자로 V. S. 나이폴을 거명하며 마무리된다.

21세기의 수상자 그리고 한국 세계문학전집 제2전성기에의 수용

아직 한국어 수상자가 없으니 노벨문학상 수상 작가의 작품은 오롯이 번역문학으로 한정해 볼 수밖에 없다. 21세기 한국에서의 노벨문학상 수상 작가의 작품들 수용은 민음사를 필두로 열린책들, 펭귄클래식, 문학동네, 을유, 창비에 이어 은행나무까지 유수의 문학 출판사가 가세해 세계문학전집 제2전성기를 이루어 경쟁적으로 노벨문학상 라인업을 강조하면서부터 보다 적극적인 양상을 띠게 되었다.

10월이 되면, 상기한 출판사들은 첫날부터 자사의 작가군과 대표작들을 소개하는 수상자 예측 이벤트로 노벨문학상에 대한 기대감을 확산한다. 이러한 이벤트는 2022년 수상자인 아니 에르노처럼 작품 수가 많고 여러 출판사에 분산되어 출간한 경우가 아닌, 가즈오 이시구로(민음사)나 파트릭 모디아노(문학동네)처럼 저작권이 한 출판사에 거의 집중된 경우라면 동시대 작품을 읽는 감식안을 지녔음을 독자께 자랑해 볼 기회가 되기도 한다. (생존 작가에게 주어지는 상이라 논퍼블릭 작품들을 앞선 감각으로 선점하거나 불가피한 오퍼 경쟁으로 과감한 투자가 요구되기에 어느 쪽이든 감식안이 요구된다.)

노벨문학상이 발표되면, 문학동네 해외 문학 편집부는 재빨리 선정 이유를 번역한다. 언론사에서도 속보 경쟁을 위해 번역해 기사화하나 간혹 관련 이해가 부족해 엉뚱하게 번역된 채 보도되는 경우도 있는 만큼 작가의 작품 세계를 충분히 이해하고 있는 편집자 주도로 번역한다. 일례로 2014년 파트릭 모디아노가 선정되었을 때, 선정 이유의 문장 중 'uncovered the life-world of the occupation(점령기 생활상을 드러냈다)'에서 'occupation'이

'직업 세계'로 번역된 채 온라인 기사가 게재된 일이 있다.

연도	수상자	수상 이유
2008	J. M. G. 르 클레지오	새로운 출발, 시적 모험, 관능적인 희열이 넘치는 작품, 지배적인 문명 너머 또 그 아래에서 인간을 탐사한 작가
2009	헤르타 뮐러	응축된 시와 진솔한 산문으로 박탈당한 삶의 풍경을 그려 냈다
2010	마리오 바르가스 요사	권력 구조의 지도를 그려 내고 개인의 저항, 반역, 좌절을 통렬한 이미지로 포착해 냈다
2012	모옌	환상적 리얼리즘으로 민담, 역사 그리고 당대 현실을 하나로 융합해 냈다
2013	앨리스 먼로	대부분의 장편소설 작가들이 평생을 공들여 이룩하는 작품의 깊이와 지혜, 정밀성을 작품마다 성취해 냈다
2014	파트릭 모디아노	붙잡을 수 없는 인간의 운명을 기억의 예술로 환기시키고 점령기 생활상을 드러냈다
2015	스베틀라나 알렉시예비치	다성악 같은 글쓰기로 우리 시대의 고통과 용기를 담아 낸 기념비적 문학
2016	밥 딜런	미국 음악의 전통 안에서 새로운 시적 표현을 창조해 냈다
2017	가즈오 이시구로	위대한 정서적 힘을 가진 소설을 통해 세계와 닿아 있다는 우리의 환상적 감각 밑의 심연을 드러냈다
2018	올가 토카르추크	인생의 한 형태로서 경계를 넘나들며 표현해 낸 백과사전적 열정과 서술적 상상력
2019	페터 한트케	독창적인 언어로 인간 경험의 주변부와 그 특수성을 탐구한 영향력 있는 작품 세계를 보여 주었다
2021	압둘라자크 구르나	식민주의의 영향과 대륙 간 문화 간 격차 속에서 난민이 처한 운명을 타협 없이, 연민 어린 시선으로 통찰했다
2022	아니 에르노	사적인 기억의 근원과 소외, 집단적 억압을 용기와 일상적 예리함을 통해 탐구한 작가

※ 산문문학에 한함. 참고로 2011년 수상자는 토마스 트란스트뢰메르, 2020년 수상자는 루이즈 글릭이다.

문학동네 세계문학전집은 2009년 12월 톨스토이의 『안나 카레니나』를 1번으로 출발하기까지 5년의 준비 기간을 거쳤다. 범세계적으로 통용되는 고전에 대한 상식을 존중하면서도 지난 반세기 동안 주요 언어권에서 창작과 연구의 진전에 따라 일어난 정전의 변동을 고려해 목록을 선별했다. 단행본으로 기출간된 해외 문학 중 2004년 수상자인 엘프리데 엘리네크의 『피아노 치는 여자』와 2008년 수상자인 J. M. G. 르 클레지오의 『황금 물고기』가 론칭 목록으로 편입된 이래로 (장르를 제한한 시리즈 특성상 알렉시예비치의 작품과 밥 딜런의 작품 등을 제외하고) 21세기의 노벨문학상 수상 작가의 대표작들을 대거 세계문학전집 내 선보이고 있다.

2009년 루마니아 태생의 독일 작가 헤르타 뮐러가 노벨문학상을 수상했다. 대표 작품들이 국내에 소개되지 않아 발표 직후 저작권 계약을 체결해 이듬해인 2010년 4월 『숨그네』를 출간한다. (여담으로, 노벨문학상에 대응하는 문학동네 편집부의 역량 중 해외 문학을 원문이 아닌 번역문학으로 읽는 독자의 니즈에 맞춘 속도가 특장이다. 2022년 독일 프랑크푸르트 도서전 포럼에 참가한 압둘라자크 구르나 작가의 리셉션에서 이 속도가 화제가 되었는데, 노벨상 수상 이후 그의 작품들을 계약한 전 세계 출판사 중 문학동네만 유일하게 계약한 작품 모두를 번역해 독자에게 선보였다며 그 비법을 묻자 문학동네 저작권 담당자가 'Korean way'라 답해 좌중이 함께 웃었다고 한다.)

작가의 작품들 중 소위 대표작을 선별해 세계문학전집 내 출간하는 데 적용되는 절대 기준은 없으나, 편집위원과 편집자 집단의 컨센서스(consensus)가 준거로 기능할 수는 있다. 2010년의 노벨문학상은 "권력 구조의 지도를 그려 내고 개인의 저항, 반역, 좌절을 통렬한 이미지로 포착해 낸" 페루 작가 마리오 바르가스 요사에게 수여되었다. 문학동네에서 꾸준

히 소개해온 작가로 노벨문학상 수상을 유력하게 보고 세계문학전집 근간
으로『염소의 축제』를 편집 중이었다. 사실성을 바탕으로 권력과 사회를 비
판하고, 유머와 에로티시즘까지 아우르는 폭넓은 바르가스 요사의 작품 세
계 내에서 그가 이룬 문학적 성취를 집중적으로 논의해『판탈레온과 특별
봉사대』,『염소의 축제』,『도시와 개들』은 세계문학전집 내로, 바르가스 요
사 특유의 에로티시즘과 해학이 만발한『새엄마 찬양』,『나쁜 소녀의 짓궂
음』등은 단행본으로 출간하기로 방향성을 정해둔 차였다.

　해외 문학 편집자로서는 노벨문학상을 양가적으로 볼 수밖에 없다. 상
이 지닌 권위에 대한 경외심만큼이나 아쉬움도 크다. 작가적 생애 전반에
대한 평가가 주요하다 보니 원숙기를 거친 고령의 작가에게 주어지곤 하는
데, 한 해 한 작가만을 선정하고 대륙 및 언어권 안배까지 고려되니 팬의 입
장에서는 작가의 장수를 기원할밖에 도리가 없다. 토니 모리슨 이후 23년
만에 나온 미국 수상자가 필립 로스 아닌 밥 딜런임에 당혹감이 들었고(필
립 로스는 2018년 타계했다), 프랑스 최초의 여성 수상자가 된 아니 에르노 역
시 진즉에 상을 받았어야 할 작가라 생각해 이제야 수상하게 된 연유가 궁
금했다. 한 작가의 작품 세계를 짧은 문장 안에 담는 일은 애초에 한계가
명확한 도전이겠지만, 때로 스웨덴아카데미가 내놓는 선정 이유가 그들에
의해 조명된 업적일 경우 아쉬움이 가장 크다. 밥 딜런의 선정 이유 중 "미
국 음악의 전통 안에서"라는 표현은 토니 모리슨의 선정 이유 중 "미국 현
실의 본질적 측면"이라는 언급을 되짚어 보게끔 한다. 2021년 압둘라자크
구르나의 작품을 "난민이 처한 운명"에 특정한 언급도 그러했다. 적확함을

택하려다 오히려 작가의 작품들이 독자의 세계와 조우하거나 충돌하면서 만들어 낼 무한한 가능성들을 약화시키는 제한적인 표현이 되고 만 문장에는 회의하게 된다.

그렇다면 노벨문학상에 대한 우리 독자의 수용 여부는 어떠한가? 10월이 되면 서점마다 노벨문학상 특별 매대를 준비해 예상 후보자들의 신간이나 주력작을 비치해 두었다가 발표가 나자마자 그 자리를 수상자의 출간작들로 발 빠르게 교체한다. 이러한 서점의 대응이 곧 앞선 질문에 대한 하나의 답일 수 있다. 해외 문학 시장에서 노벨문학상 수상 작가 작품들의 판매 부수 지표는 작가의 모국어나 성별보다는 주력한 장르가 소설인지 시인지 희곡인지에 따라 차이를 보인다. 대체로는 소설 분야가, 장편소설이라도 분량이 짧을수록 호조를 보이며 번역 출간된 작품의 수가 많으면 많을수록 인지도가 확보된 작가라는 방증인 만큼 판매가 빠르게 오른다. 기존 수상자들에 비해 아니 에르노 작품의 판매량이 높은 이유도 이 때문이다. "알라딘 관계자는 '수상 직후 만 하루 동안 700권 이상 팔려 나갔던 2014년 수상자인 파트릭 모디아노와 300권가량 판매됐던 2013년 수상자 앨리스 먼로, 800여 권의 2017년 수상자 가즈오 이시구로의 판매량을 웃도는 수치'라고 설명했다."《뉴시스》 2022년 10월 7일 자 "'단순한 열정' 있어요?" 문의 빗발… 서점가, 오랜만에 '노벨상 특수')

당해 말까지 판매 영향력은 집중되고 이듬해 10월 한 번 더 작년 수상자로 환기된다. 이후로는 노벨문학상의 후광보다는 작품 자체의 매력으로 우리 독자와 조응하는 정도(매해 판매 부수가 안정적으로 확보됨) 그리고 작품과 유관한 이슈성(이슈 확산에 따라 판매 급증)이 판매에 영향을 미친다. 문학동네 출간작 중에서는, 참혹한 상황을 아름다운 시적 언어로 그린 헤르타 밀러의 『숨그네』를 전자의 대표 사례로, 러시아-우크라이나 전쟁이 발발하자 독자의 관심이 몰린 스베틀라나 알렉시예비치의 『전쟁은 여자의 얼굴을 하지 않았다』를 후자의 대표 사례로 꼽을 수 있다. (여기에 더해 그 누구도 예상치 못했던 특수한 사례로 알베르 카뮈의 『페스트』가 『이방인』의 판매를 앞선 팬데믹 시기도 있다. 편집자, 독자 모두가 시대와 조응하는 문학에 대한 감각을 새로이 다지게 된 결정적인 경험이었다.)

'이상적인 방향으로'에 대한 독자-편집자의 소고

1965년 노벨문학상은 러시아 작가 미하일 숄로호프에게 수여되었다. "돈 강 유역 카자크들의 비참한 삶을 그린 대하소설을 통해 러시아 민중이 살아 낸 역사적 국면을 표현해 냈다"는 선정 이유와 함께 아카데미 회원들이 만장일치로 내린 결정이었다. 반면 1963년부터 1971년까지 여덟 차례 후보에 오른, 숄로호프와 출신 국가가 같은 작가가 있다. 후보로 거명되기 직전 해인 1962년에 그는 5년에 걸쳐 집필한 장편소설 『창백한 불꽃』을 출간했다. 스탠리 큐브릭 감독에 의해 영화화된 〈롤리타〉가 개봉했고 〈뉴스위크〉 커버를 장식한 해이기도 했다. 이어 1969년 『아다 혹은 열정』을 출간했고, 〈타임〉 커버를 장식하게 된다. (에릭 오르세나의 소설 『두 해 여름』에 평론계, 출판계는 물론이거니와 작가까지도 노벨상에 대한 기대가 고조된 당시의 상황이 묘사되어 있다.) 끝내 노벨문학상이 주어지지 않은 그 작가의 이름은 블라디미르 나보코프이다. 그의 대표작들을 편집한 편집자이기 이전에 독자로서 나보코프에게 강렬하게 매료된 이유는 1960년대 독자가 그의 작품들을 읽으며 체험했을 오독-해독, 불쾌-유쾌, 충격-경이 등의 감각이 자극이 넘쳐나는 2020년대 우리 독자에게도 동일하게 체험되게끔 만드는 작품 자체의 힘 때문이다.

2022년 노벨문학상 발표를 한 달 앞둔 9월 5일 〈뉴요커〉에 데이비드 렘닉의 기사 "It's time for Salman Rushdie's Nobel Prize"가 게재된다. 노벨문학상 발표를 앞두고 쏟아지는 기사들 중 특정 작가를 이토록 단호하게 지지하는 기사를 본 적이 없다. 같은 이유로 살만 루슈디의 대표작『악마의 시』를 편집 중이었다. 『악마의 시』는 1988년 9월 26일 영국에서 출간되었고 열흘 뒤 작가의 고국인 인도에서 가장 먼저 금서로 지정된다. 이듬해, 이란의 지도자 호메이니가 내란을 잠재우기 위해 이 책을 "이슬람에 대한 모독"으로 규정해 작가를 처단하라는 종교법령(파트와)을 내린다. 이로 인해 루슈디는 살해 위협에 시달리며 1995년까지 도피 생활을 하게 되고, 전 세계에서 이 책을 번역하고 출간하고 판매하는 출판인, 번역가, 서점이 테러를 당해 생명을 잃는 사건이 벌어진다. 1998년 9월, 이란 대통령이 루슈디에게 내려진 사형선고를 철회하지만 오히려 이슬람 과격파 단체의 반발을 불러 거액의 살해 현상금이 내걸린다. 루슈디는 2000년 미국 뉴욕으로 이주해 2016년 미국 시민권을 얻었다. 그리고 2022년 8월 12일, 뉴욕주 셔터퀴연구소에서 강연을 시작하려고 무대로 오르던 중 시아파 무슬림 청년의 습격을 당한다. 『한밤의 아이들』의 편집자이자 루슈디의 팬으로서, '표현의 자유'를 상징하는 역사적 인물로 지금까지도 삶을 위협받고 있는 작가를 지지하며 이 사건에 목소리를 더하고 싶었다. 50년의 세월이 흘러야 알 수 있을지 모른다. 파트와에 소극적으로 대응하는 아카데미에 항의하기 위해 두 사람이 사퇴하고도 오랜 시간이 흐른 2016년에야 공식적으로 지지를 표명한 스웨덴아카데미 내에서 살만 루슈디는 과연 노벨문학상 후보로 지지를 받았을까? 슬로보단 밀로셰비치 추모사를 비롯한 페터 한트케의 정치적 표명에는 "언론의 자유"를 들어 그의 수상을 반대하는 날 선 의견에 대응해 온 스웨덴아카데미가 루슈디 수상 불발에 대해 내놓은 "세계 평화에 기여"하는 작가에게 수여되는 상이라는 해명은 설득력이 부족하다.

"만일 문학에 정말로 신비한 힘이 존재한다면 나는 아마도 이런 것이 그 힘일 것이라고 생각한다. 어떤 독자로 하여금 다른 시대, 다른 나라, 다른 민족, 다른 언어, 다른 문화에 속한 작가의 작품 속에서 자신의 느낌을 읽을 수 있게 하는 힘 말이다." 중국 소설가 위화가 『사람의 목소리는 빛보다 멀리 간다』에서 쓴 문장이다. 세계문학전집 시리즈를 맡아온 해외 문학 편집자로서, 번역문학을 애호하는 독자로서 문학이 지닌 이 같은 힘을 믿는다. 그리고 해마다 노벨문학상 발표를, "이상적인 방향으로 가장 탁월한 작품"이라는 기준에 대한 올해의 해석을 기다리며 부디 그 신비한 힘이 멀고도 낯선 세계로부터 출발한 것이기를, 과거에 출발했을지라도 현재는 물론이거니와 미래에도 내내 우리를 환하게 비출 수 있는 것이기를 바란다.

" **문**학의 성좌들은 어디로 향해야 할까. 구르나, 갤 것, 응우옌이 강조한 다음의 것들이 경유지가 아닐까. 나와 세상에 유효한 영향력을 주는 텍스트를 고를 줄 아는 독자 지성이 많아져야 한다. 세계의 고정된 중심에서 벗어나 탈중심화하는 인식의 변화가 필요하다. 다양한 언어의 문학을 번역하고 그것을 누구나 누릴 수 있는 출판 지평이 마련되어야 한다. 모두가 내러티브의 풍요를 누릴 수 있어야 한다. 우리 모두가 자신만의 이야기를 전할 수 있어야 한다.

펴내는 사람들 이정화

민음사 해외문학팀 차장

매해 10월 6일, 한국 시각으로 저녁 8시가 되면 해외 문학 편집자들은 스웨덴 한림원에서 발표하는 노벨문학상 수상 발표를 듣기 위해 웹사이트에 접속한다. 편집부뿐 아니라 마케팅부와 미술부, 홍보부도 대기 중이다. 노벨상 준비는 사실 그전부터다. 노벨상 관련 해외 자료를 서청하고, 각종 배팅 사이트에 올라오는 유력 후보를 검토한다. 2022년 래드브록스의 배당률은 미셸 우엘벡이 7배, 살만 루슈디가 8배, 응구기 와 시옹오가 10배, 스티븐 킹이 10배, 아니 에르노가 12배였다. 배당률이 낮을수록 수상 가능성이 높다. 나이서 오즈는 미셸 우엘벡이 6~8.5배, 응구기 와 시옹오가 10~11배, 살만 루슈디가 5.5~12배, 아니 에르노가 8~13배, 앤 카슨이 5~15배 순이다. 두 업체 상위 5위 리스트에서 살만 루슈디, 미셸 우엘벡, 아니 에르노, 응구기 와 시옹오가 겹치는데, 응구기는 지난해 탄자니아 작가인 압둘라자크 구르나가 노벨문학상을 받았기 때문에 동일 국가권을 연속해서 수여하지 않는 한림원의 특성상 수상 가능성이 높지 않다. 편집자들 사이에서는 그해 노벨상 수상자를 예상하는 커피 내기가 한창이다. 재작년에 미국 작가가, 작년에 아프리카계 작가가 받았으니 올해는 동양, 아니면 남미 아닐까. 올해는 인도계 영국 작가 살만 루슈디(75), 프랑스 작가 미셸 우엘벡(64), 케냐 작가 응구기 와 시옹오(84)가 유력하다. 루슈디는 지난 8월 뉴욕 강연 도중 이슬람 신도로부터 피습당한 터라 그의 수상 여부에 이목이 집중된다. 프랑스 작가 아니 에르노(82)와 캐나다 작가 마거릿 애트우드(83)도 빠질 수 없다. 한림원에서는 과연 어떤 선택을 할까.

8시 15분, 정지되어 있던 화면에 영상이 켜진다. 웅성거리는 가운데 전 세계 주요 언론사들이 의자에 앉아 앞을 주시하고 있다. 그런데 유독 동양인 기자들이 포진되어 있다. 혹시 중국 작가 옌렌커? 30분. 문이 열리고 발표자가 걸어 나와 연단 앞에 선다. 모두 우르르 모니터로 모여든다. 긴장과 침묵. 발표자가 스웨덴어로 한 번, 영어로 한 번 그해 노벨문학상 수상자를 발표한다. 영어가 이어지기도 전에 영상에서는 탄성과 박수가 터진다. 스웨덴에서 수 시간 떨어진 이곳 한국의 출판사에서도 함성이 터져 나온다. 올해 수상자는 아니 에르노. 119명째 노벨상 수상자이며, 노벨문학상을 받은 여성 수상자 중에서는 17번째, 프랑스에서는 노벨문학상을 받은 최초의 여성이다. 에르노는 수상 소식을 전해 들은 순간 이렇게 말했다고 한다. "아니오! 정말인가요? 너무 놀랐어요. 제가 받은 게 확실한가요? 오늘 아침에 일하느라 전화벨이 울려도 받지 않았거든요. 이제 그 사실을 직시하고, 여성과 사회적 관점에 관한 글을 써야겠어요." 그의 책을 출간한 편집자에게 어깨 토닥이며 축하 인사를 건넨다. 후속 작업이 이어진다. 마케팅부에서는 에르노의 수상 소식을 전하는 웹페이지를 제작하고, 편집부에서는 띠지 문안을 구상하고, 홍보부에서는 언론사에서 요청하는 자료를 전달하거나 자문인을 추천하고, 미술부에서는 띠지 디자인을 한 뒤 인쇄소에 넘긴다. 작업이 마무리될 즈음 시간은 11시를 훌쩍 넘긴다. 내일 자 각종 언론 문화면과 SNS상에는 아니 에르노의 노벨문학상 수상 소식과 소감이 도배될 예정이다. 작가의 수상 소식을 알리는 띠지와 함께 온오프 서점 메인에 에르노의 책들이 놓일 것이다. 전년보다 발표를 하루 앞당긴 올해(2023년)의 경우, 순위에서 한참 밀려나 있던 노르웨이 작가 욘 포세(64)가 한 주 전부터 부상하여 각종 배팅 사이트에서 1위로 껑충하더니 노벨문학상을 수상해 모두를 멘붕(?)에 빠뜨렸다. 편집부 풍경. 욘 포세의 신간을 계약한 편집자에게 축하와 환호를 보내는 기쁨도 잠시, 해외문학팀 팀원 모두는 번역을 마친 신간 『멜랑콜리아』를 최대한 빨리 출간하기 위해 초읽기 마감에 돌입했다!

노벨 좌표 만들기

시월의 하늘, '노벨'이라는 은하계에 별들이 떠 있다. 별을 바라보는 시선은 보는 이에 따라 다양하다. 과학자들은 행성과 별의 천문학적 수치와 기록을 환산하고, 신화학자들은 제우스, 헤라, 페가수스, 헤라클레스 등과 같은 별자리 신들을 연구하고, 점성학자는 황도12궁 안에 놓인 염소좌, 천칭좌, 황소좌 등의 움직임으로 그해 운이나 누군가의 생사를 점친다. 올가 토카르추크의 『죽은 이들의 뼈 위로 쟁기를 끌어라』에서 두셰이코는 점성학으로 이웃 왕발의 죽음을 예견한다. 문학의 성좌는 어떠할까. 노벨 좌표를 만들어 본다.

1901년부터 2023년까지 수여된 노벨문학상 수상자는 120명. 제1, 2차 세계 대전 시기(1914년, 1918년, 1935년, 1940년, 1941년, 1942년, 1943년)를 제외하고 매해 노벨문학상 수상자가 탄생했다. (1904년, 1917년, 1966년, 1974년엔 2명이 공동 수상) 2018년에는 한림원 파문으로 수상자가 발표되지 않았으나, 2019년에 두 해 수상자를 연이어 발표했다. 지금껏 노벨상을 수상한 나라는 42개국. 유럽이 대세며 프랑스(16명)가 가장 많은 수상자를 배출했고, 영국(13명), 미국(11명), 독일(8명), 스웨덴(8명), 이탈리아(6명), 스페인(5명), 폴란드(5명) 등이 뒤를 잇는다. 언어로는 영어(31명)가 단연 많으며, 프랑스어(16명), 독일어(14명), 스페인어(11명), 스웨덴어(7명), 이탈리아어(6명), 러시아어(6명), 폴란드어(5명) 등이 뒤를 잇는다. 이 와중에 주목할 나라는 폴란드다. 노벨문학상 수상 작가를 다섯 명이나 배출했으니 문화 강국이 아닐 수 없다.

스웨덴, 덴마크와 같은 서유럽에서 노벨상 수상 작가를 많이 배출한 건 초창기 이 상이 지닌 성향과 연관이 있다. 당시 수상 기준이 '낙천성'이라는 애매모호한 주제였기 때문이란다. 헨리크 입센(노르웨이), 에밀 졸라(프랑스), 안톤 체호프(러시아)는 사회의 어두운 부분을 조명해서, 1회 유력 후보인 톨스토이는 러시아인의 기독교적 무정부주의를 표방해서, 보르헤스는 파시스트와 독재 정권을 지지해서 수상에서 제외되었다. 심지어 스트린드베리(스웨덴)가 노벨을 '죽음의 상인'이라고 비판해서 속 좁은(?) 노벨이 직접 후보에서 제외시키라고 했단다.

그래서인지 역대 노벨상 수상자들 중에는 지금은 이름조차 언급하지 않은 작가들도 적지 않다. 동시대 굵직한 주제를 건드리며, 21세기를 사는 독자들에게 여전히 읽히는 작가들, 이를테면 마크 트웨인(미국), 프란츠 카프카(체코), 조지프 콘래드(미국), 호르헤 루이스 보르헤스(아르헨티나), 버지니아 울프(미국), 마르셀 프루스트(프랑스), 블라디미르 나보코프(미국), 니코스 카잔차키스(러시아), 제임스 조이스(미국), E. M. 포스터(미국), 카렐 차페크(체코), 미하일 불가코프(러시아), 막심 고리키(러시아), 올더스 헉슬리(미국), 라이너 마리아 릴케(프랑스), 시어도어 드라이저(미국), 토마스 베른하르트(독일) 등이 이런저런 이유로 노벨상을 받지 못했다.[1]

장르도 기복이 적지 않다. 노벨상 초·중기인 1900년에서 1950년도 노벨문학상 수상자를 보면 시인, 역사가, 철학자, 극작가 등 다양한 장르의 작가들에게 노벨문학상을 수여했다. 독일의 형이상학자 루돌프 프리스토프 오이켄(1908), 프랑스의 '생명' 철학자 앙리 베르그송(1927), 수학자이자 철학자인 버트런드 러셀(1950)에게도 노벨 '문학상'을 수여했으며, 역사가인 몸젠이나 정치가인 윈스턴 처칠에게도 줬다. '문학+인문'이 포함된 이 경향은 이후 '문학'으로만 쏠리다가 2015년 벨라루스 논픽션 작가인 알렉시예비치와 2016년 미국의 가수이자 시인인 밥 딜런의 수상을 기점으로 '저널리즘+예술' 등 복합장르로 확장된 듯하다. 한림원은 밥 딜런의 수상 이유를 "미국의 위대한 대중음악 전통 안에서 시적 표현을 창조했다. 그가 노래의 형태로 시를 쓰는 것은 고대 그리스 호머와 다르지 않다."라고 밝혔다.

노벨문학상은 작품이 아닌 작가에게 수여되는 만큼 선정 이유는 작가

---

1   위키미디어 참조.

에게 향한다. 2018년 노벨문학상 수상 작가인 올가 토카르추크는 "백과사전적 열정으로 삶의 한 형태로서의 경계 넘나들기를 묘사하는 데 있어 서사적 상상력을 보여 줬다."라는 선정 이유가 방증하듯, 다방면으로 전 세계문학 독자들에게 '다정한' 영향력을 미치고 있다. 2020년 수상 작가인 시인루이즈 글릭의 수상 이유는 "꾸밈없는 아름다움을 갖춘 확고한 시적 표현으로 개인의 존재를 보편적으로 나타냈다."라는 것이고, 2021년 수상 작가인 압둘라자크 구르나의 수상 이유는 "식민주의의 영향과 난민들의 운명에대한 타협 없고 열정적인 통찰을 보여 줬다."라는 것이었다. 전년도 수상자인 아니 에르노는 어떠한가. "개인적인 기억의 뿌리와 소외, 집단적 억압을용기 있게, 임상적 예리함으로 탐구했다."라는 한림원의 수상 이유가 말해주듯, 그는 자신이 직접 경험한 것만 쓴다. 에르노는 문화사회학 연구자 이사벨 샤르팡티에와 대담에서 "문학은 싸움의 무기"라고 선언할 만큼 자신의 문학이 지닌 정치성을 적극 드러낸다. 페미니즘 활동가이기도 한 에르노는 몸과 행동 방식을 대하는 남성의 태도에 대한 변화를 촉구하고, 여성을 옥죄는 억압에 대한 해방을 문학을 통해 선언한다. '21세기의 사뮈엘 베케트'라는 찬사를 들으며 극작가로 명성을 떨치던 욘 포세의 선정 이유를한림원은 "말할 수 없는 것에 목소리를 부여하는 혁신적인 희곡과 산문"으로 꼽았다. 지난해 부커상 최종 후보에 오른 욘 포세는 당시 소설을 왜 쓰느냐는 질문에 "해야 할 중요한 말이 있다고 느꼈고, 해야 할 의무라고 생각했기 때문"이라고 답했다.

성좌는 하나가 아닌 다수

편집자 관점에서 노벨문학상은 어떤 의미일까. 모든 편집자가 아니라 내 경우로 국한해 말하자면 순수하지만은 않다. 편집자(인 나)도 노벨문학상 수상 작가의 문학에 감동하고 삶 속에서 깊디깊은 영향을 받는다. 편집자(인 나)의 기본 자질은 책을 사랑하는 사람이니까. 오죽 사랑하면 책 만드는 걸 업으로 삼겠는가. 하지만 책을 읽고 글을 쓰는 편집자(인 나)는 동시에 책을 기획하고 편집하고 열렬히 소개해서 팔아야 한다. 편집 노동자 입장에서 노벨문학상은 대중에게 작가를 소개하고, 마케팅 전략을 세우고, 책을 홍보하는 데 유용한 수단이다. 노벨문학상 수상 작가의 작품은 화제성, 홍보성에서 여타 책들보다 공인된 지름길을 안고 출발한다. 실제로 그해 노벨문학상 수상자가 발표되면 해당 수상 작가의 작품 판매 지수가 단시일에 치솟는다. 많은 독자가 수상자의 작품을 읽기 위해 서점으로 달려가거나 온라인 서점에서 구매를 클릭한다. 독자들의 지극한 독서 열기는 노벨문학상 수상이라는 아우라를 수치로 현실화한다. 편집자로서 노벨문학상 수혜를 직접적으로 실감한 해는 2019년이다. 이 해 수상자는 폴란드 작가인 올가 토카르추크. 반드시 세상에 등장해야 할 작가인 올가의 노벨상 수상은 한국 독자들에게 작가에 대한 인지도를 높였고, 이후 후속 작품이 출간될 때에도 그 화제성이 식지 않았다. 2020년에 『죽은 이들의 뼈 위로 쟁기를 끌어라』(최성은 옮김), 『낮의 집, 밤의 집』(이옥진 옮김)이, 2022년에 에세이 『다정한 서술자』가 출간되었다.

최근 한국 독자들에게 맨부커상은 노벨상만큼이나 친숙해졌다. 한강 작가의 맨부커 인터내셔널 수상(2016), 정보라, 박상영 작가의 맨부커 인터내셔널 최종 후보(2022), 천명관 작가의 맨부커 인터내셔널 최종 후보(2023) 노미네이트 덕분이다. 김혜순 시인의 스웨덴 '시카다상' 수상(2021) 등 전 세계 유수 문학상에서 한국 작가들의 수상 소식이 전해지는 이 상황은 반가움을 넘어 경이롭다. 한국문학이 북미, 유럽은 물론 남미까지 수출되고, 『파친코』를 쓴 이민진 작가처럼 외국에 사는 한국 작가의 활약상이 두드러지는 등 이른바 K-문학이 세계문학의 성좌에서 대활약하고 있다. 부산영화제 시즌에 열리는, 전 세계 50여 나라의 영화, 영상, 도서, 웹툰 등의 콘텐츠의 판권 거래 및 홍보 네트워킹을 도모하는 '아시아콘텐츠&필름마켓'에서 한국 작가에 대한 관심은 단연 톱이다. 20세기 후반 노벨문학상 수상자 경향을 보면 자국 정부의 정책이나 소수자에 대한 차별, 식민주의나 페미니즘에 대한 비판 등을 문학 안에 담은 작가들이 수상하는 등 동시대 문학의 조류를 반영하고 있지만 한림원이 보수적이란 시선은 여전하다. 음악계에 비유하자면 노벨상은 그래미만큼 보수적이고 정치적이기에, 빌보드처럼 선정 기준을 다양화하거나 디지털 세대의 열기를 수용해 한국의 케이팝 그룹(BTS)에게 트로피를 안겨 주듯 쉬이 유연성을 발휘할 것 같지는 않다. 문학이라는 '시(詩)적 사건' 그 자체로서, 또한 문학적 영향력만으로 경쟁한다면 한국 작가들 중 노벨문학상 수상 작가가 지금 나오지 않을 이유가 없다.

　세계문학 속에 한국 문학의 지평을 더 넓히기 위해서는 무엇이 필요할까. 전 세계 서점에 한국 작가의 작품이 다양하게 소개되어야 하고, 전 세계 독자들에게 두루 많이 읽혀야 한다. 한국 작가가 노벨상 수상의 영광을 얻기 위해 (물론 여러 방면의 지원이 필요하지만) 가장 필요한 것 중 하나는 번역이다. 전 세계 유수 문학상에 한국 작가가 노미네이트되거나 수상의 영광을 얻기 위해 우선 수반되는 것도 번역이다. 프루스트 서거 100주년이 되는 해인 2022년에 김희영 역자는 『잃어버린 시간을 찾아서』 12, 13권(원서로는 총 7편)을 완역했다. 아시다시피 프루스트는 노벨문학상을 타지 못했다. 그는 이 책 2편 『꽃핀 소녀들의 그늘에서』로 공쿠르상을 수상했다. 김희영 역자는 수험생처럼 낮에 자고 밤에 일어나 하루 여섯 시간에서 여덟 시간, 매일 10년 동안 이 책 열세 권을 번역했다. 프루스트가 14년간 쓴 이 책을 김희영 역자는 10년간 번역한 것이다. 완간 기념 자리에서 그는 프루스트를 번역한 시간을 "행복한 시간"이라고 표현했다. 이 예시를 드는 이유는, 번역이 그 자체로 완결된 문학일 뿐 아니라 세계문학이라는 은하계 내에 존재하는 무수한 성좌를 읽어 주는 나침반과 같다는 걸 강조하고 싶어서다. 전 세계 수많은 고전을 한국어로 체화해 읽을 수 있었던 건 수많은 낮과 밤 동안 문학 언어와 사투를 벌인 역자들이 존재했기 때문이다. 역도 마찬가지다. 영국의 어느 독자도 청년기 나와 비슷한 열기로 한강의 『채식주의자』를 영어로 읽었을 것이다.

성좌가 향하는 곳

2022년 10월 11일에 2021 노벨문학상 수상자 압둘라자크 구르나와 부커상 수상자 데이먼 갤 것, 이석호 카이스트 교수가 만나 대담을 했다. 구르나는 억압받는 이들이나 부정의, 불평등에 관해 쓴다. 갤 것은 인종분리 정책 문제, 기후 변화의 위기를 증언한다. 그러나 이들 작가들이 글을 쓰는 이유는 개입이나 반대, 저항이나 변혁 자체가 아니라 "아는 것, 믿는 것을 쓰는 것"(구르나)이고, "기록할 수 있을 뿐"(갤 것)이기에 기록하는 것이다. 구르나는 이렇게 말했다. "내가 아는 것, 믿는 것을 쓴다. 그 과정에서 어딘가에 가닿고 어딘가로 전해지는 것이다. 그리고 뭔가 돌아오기도 한다. 이런 주고받음이 글쓰기의 아름다움이다." 문학의 본질은 구르나가 지적하듯 '이게 보편성이다, 이게 아프리카 문학이다, 세계문학은 유럽 문학(즉 타인의 문학)이다'라는 식으로 정의될 수 없다. 갤 것이 지적하듯 영어 외 출간은 돈이 많이 들기 때문에 그동안 타 언어를 쓰는 여러 나라의 문학은 외면당해 왔다. 남아공 출신 작가가 영국이나 미국에서 책을 낸 뒤 자국으로 돌아가 자국 언어로 책을 내는 식이 비일비재한데 이유는, 척박한 출판 환경 때문이다. 2021년 아프리카 작가들이 이른바 세계 3대 문학상을 모두 석권한 이유를 갤 것은 "아프리카 작가들이 존중받는 곳에서 출간을 하게 된" 덕분이라고 설명한다.

『동조자』로 퓰리처상을 수상한 베트남계 미국 작가 비엣 타인 응우옌은 '내러티브의 풍요성과 희소성'을 강조한다. 베트남에서 태어나 1975년 난민으로 미국에 온 응우옌은 영화 〈지옥의 묵시록〉에서 비무장 베트남인이 미군에게 학살당하는 장면을 보다가 둘로 갈라지는 체험을 했다고 한다. 그는 할리우드가 300만 명이나 학살당한 베트남인의 이야기를 지우고, 그 자리에 문제아 미국 병사 스타를 세운 걸 깨닫는다. 실제 역사에서 미국은 베트남에게 졌지만 내러티브상으로 미국은 베트남을 이겼다. 응우옌은 내러티브 희소성이 불이익이라면 내러티브 풍요는 특권이라고 말한다. 힘 있는 개인과 국가는 자신의 이야기, 기억, 역사를 더 널리, 오래 알릴 수 있다. 권력이 많은 이들이 자원과 힘뿐 아니라 이야기도 누리는 것이다. 응우옌은 말한다. "모두를 위한 내러티브의 풍요를 이루고 싶다면 모두를 위한 풍요로움이 필요하다. 그런 세계는 아직 멀었다. 하지만 새로운 이야기가 아주 소수에게만 알려 준 경험과 기억과 역사를 이야기한다면 유토피아적인 풍요에 다가가는 데 도움이 될 것이다. 그러니 모두가 자신만의 이야기를 전할 수 있어야 한다. 내 이야기를 들려줄 수 있는 건 나 자신뿐이다."

문학의 성좌들은 어디로 향해야 할까. 구르나, 갤 것, 응우옌이 강조한 다음의 것들이 경유지가 아닐까. 나와 세상에 유효한 영향력을 주는 텍스트를 고를 줄 아는 독자 지성이 많아져야 한다. 세계의 고정된 중심에서 벗어나 탈중심화하는 인식의 변화가 필요하다. 다양한 언어의 문학을 번역하고 그것을 누구나 누릴 수 있는 출판 지평이 마련되어야 한다. 모두가 내러티브의 풍요를 누릴 수 있어야 한다. 우리 모두가 자신만의 이야기를 전할 수 있어야 한다.

작가는 의미화할 수 없는 것을 의미화하는 행위로 자신의 고유한 세계를 짓는다. 이들이 골몰하는 주제는 개인적인 동시에 사회적이고, 현실적인 동시에 관념적이고, 땅에 발을 붙이는 동시에 공중 부양한다. 작가는 자신의 이름을 세계 내에 기입하는 동시에 그 기입 자체에 의문을 제기하는 존재다. 이들은 이러한 동시성으로 새로운 세계의 괄호를 지우는 동시에 연다. 작가는 자신의 삶뿐 아니라 소외되고 잊힌 타인의 삶을 기억하고 기록하고 증언하는 다정한 서술자다. 문학의 성좌들이 향해야 할 곳이 노벨의 좌표가 아니라 '옆 마을'일지도 모르겠다. 프란츠 카프카(1883~1924)의 우화가 떠올랐기 때문이다. 그의 단편 두 편[2]을 하나로 엮어 본다. 한 젊은이가 별 탈 없이 흐르는 평범한 나날조차 나들이하기엔 턱없이 모자란다는 점을 두려워하지 않고, 돌연히 옆 마을로 말을 타고 나선다. 양식도 없이, 돌연히 그는 말을 끌어내 안장을 얹고는 말에 올라탄 것이다. 하인이 묻는다. 왜 떠나는가. 그가 말한다. 그냥. 그냥? 그가 말한다. 먼 데서 트럼펫 소리가 들려오기 때문에. 그러니 지금 여기서 이 돌연한 출발을 경험하는 것은 '이야말로 다시없는 굉장한 여행'이다.

---

2 「옆 마을」(1919), 「돌연한 출발」(1936)

제2부

번역을
둘러싼 이야기

Mario Vargas Llosa

페루-스페인 출신의 작가. 2010년 노벨문학상을 수상하였다. 대표작으로 『판탈레온과 특별봉사대』와 『염소의 축제』 등이 있다. 권력 구조 지도와 개인의 저항, 반란, 패배에 대한 강력한 이미지를 포착하여 소설에 녹여내는 것으로 유명하다.

옮기는 사람들 송병선

울산대학교 교수

마리오 바르가스 요사

바르가스 요사의 삶과 중요 일화들

나는 개인적으로 어떤 작가의 작품을 번역하기 전에, 그 작가의 삶을 살펴본다. 이건 그의 삶이 작품에 어떻게 녹아 있는지 접근하거나 분석하기 위해서가 아니라, 작가의 개인적 성향과 기질을 상상하면서 어떤 문체로 번역해야 작품의 정신을 살릴 수 있을 것인지 정할 수 있기 때문이다. 예를 들어 내가 번역한 작가 중에서 호르헤 루이스 보르헤스(Jorge Luis Borges)의 삶은 무미건조하고, 그의 언어도 진지하다. 심지어 농담할 때도 그렇다. 그래서 그의 작품은 달콤하거나 감상적이지 않고, 집약적이고 정확한 단어로 번역할 필요가 있다. 반면에 가브리엘 가르시아 마르케스(Gabriel García Márquez)는 친구를 좋아하고 대화를 즐기는 사람이기에, 그의 작품은 구어체의 유희적이고 유려한 문체가 적당하다.

그렇다면 2010년 노벨문학상을 받은 페루-스페인 작가인 마리오 바르가스 요사(Mario Vargas Llosa)는 어떨까? 라틴아메리카 소설가 중에서 아마도 바르가스 요사처럼 뉴스를 몰고 다니는 작가는 그리 많지 않을 것이다.

가장 최근에 주목할 만한 소식은 2021년 11월에 그가 아카데미 프랑세즈 (Académie Françaose) 회원으로 선출되었다는 것이다. 익히 알려져 있다시피, 아카데미 프랑세즈는 1635년 루이 13세 시절에 리슐리외(Richelieu) 추기경이 설립했으며, 프랑스어를 표준화하고 다듬는 역할을 한다. 고정 위원 40명으로 운영되며, 위원은 종신직이며, 프랑스어 역사에서 길이 남기 때문에 '불멸의 위원'으로 불린다. 그래서 바르가스 요사가 아카데미 프랑세즈 회원이 되자, 스페인어권에서는 그를 '21세기 불멸의 작가'로 부르기도 했다.

그런데 왜 페루-스페인 작가인 그가 생뚱맞게 아카데미 프랑세즈 회원이 되었을까? 그는 아카데미 프랑세즈에 들어간 최초의 외국인은 아니다. 1970년에는 루마니아 작가 외젠 이오네스코(Eugène Ionesco)가, 1971년에는 미국 작가 쥘리앙 그린(Julien Green)이 선출되었기 때문이다. 그러나 이오네스코는 당시에 이미 프랑스 국적자였고, 쥘리앵 그린은 작품 대부분을 프랑스어로 쓴 작가였다. 그래서 바르가스 요사는 프랑스어로 작품을 쓰지 않고서 아카데미 프랑세즈 회원이 된 최초의 외국 작가이다. 그것은 아마도 그가 귀스타브 플로베르(Gustave Flaubert)를 자기 문학의 모델로 삼았고, 그의 작품이 갈리마르 출판사의 플레야드(Pléiade) 총서에 수록되었기 때문으로 보인다. 이 일이 있기 전에 이미 바르가스 요사는 1977년에 페루 학술원 회원이 되었고, 1994년에는 스페인 국적을 취득한 후 스페인 학술원 회원이 되었다. 2010년에 아카데미 프랑세즈는 75세 미만의 작가에게만 회원 자격을 주기로 했지만, 그 규정을 깨고 2021년에 85세였던 바르가스 요

노벨문학상과 번역 이야기

사에게 18번 의석을 주기로 했다. 또한 그는 노벨문학상을 받고 아카데미 프랑세즈 회원이 된 첫 번째 경우였다.

이와 더불어 2022년에는 이사벨 프레이슬레르(Isabel Preysler)와의 이혼도 큰 뉴스였다. 프레이슬레르는 스페인계 필리핀 여자로 사교계의 명사이다. 우리가 잘 알고 있는 훌리오 이글레시아스(Julio Iglesias)의 아내였으며, 텔레비전 프로그램 진행자로 유명하다. 1936년에 태어난 바르가스 요사는 열아홉 살인 1955년에 이모 훌리아 우르키디(Julio Urquidi)와 처음으로 결혼했고, 『나는 훌리아 아주머니와 결혼했다』는 바로 이것과 관련된 이야기이다. 훌리아 우르키디와의 결혼 생활은 1964년에 끝나고, 1965년에는 여자 사촌인 파트리시아 요사(Patricia Llosa)와 재혼하여 50년 동안 함께 산다. 그러고는 2015년에 이사벨 프레이슬레르와 결혼하지만, 2022년에 헤어진다.

바르가스 요사의 개인사에서 또 다른 중요한 사건은 가르시아 마르케스와의 관계이다. 바르가스 요사는 1971년에 『가르시아 마르케스: 살신(殺神)의 역사』를 출간한다. 이 책은 가르시아 마르케스를 연구하는 데 필독서로 여겨졌고, 많은 연구자가 읽고 소장하고 싶은 연구서였지만, 초판 발행 이후 알 수 없는 이유로 절판되었다가 2023년에야 비로소 재판이 나온다. 여기서 '살신'은 글쓰기를 반란의 행위로 여기면서, 작가가 하느님을 대체하여 자신의 세계를 구축한다는 의미이다. 바르가스 요사와 가르시아 마르케스의 우정은 1960년대 초에 편지로 시작해서, 이후 문학과 혁명의 동지로 이어진다. 그러나 두 사람의 성향은 매우 다르다. 바르가스 요사는 체계적이고 문학 이론에 밝지만, 가르시아 마르케스는 자의적이고 추상적인 문제에 그다지 관심을 보이지 않는다. 또한 콜롬비아 작가는 쿠바의 피델 카스트로(Fidel Castro)와 매우 친한 친구이지만, 페루 작가는 그의 가장 혹독한 비판자이다.

『가르시아 마르케스: 살신의 역사』가 절판되지만, 바르가스 요사는 2쇄 찍는 것을 허락하지 않는다. 그것은 1976년에 일어난 주먹 사건과 관련이 있다는 것이 정설이다. 그해 2월 12일에 멕시코 시티의 어느 영화관에서 두 사람은 우연히 만났다. 가르시아 마르케스는 바르가사 요사에게 인사하러 갔는데, 바르가사 요사는 그에게 주먹을 날려 눈 주위를 멍들게 했다. 이 사건은 바르셀로나에서 가르시아 마르케스가 바르가스 요사의 아내인 파트리시아 요사에게 했던 못된 행동 때문이라는 말도 있고, 파트리시아가 가르시아 마르케스에게 남편의 바람에 대해 불평을 토로했고, 가르시아 마르케스는 이혼하라고 조언했기 때문이라는 말도 있다. 또는 가르시아 마르케스가 파트리시아에게 넌지시 암시적인 말을 했고, 파트리시아는 남편의 바람을 복수하려고 콜롬비아 작가에게 은밀한 행동을 시도했기 때문이라고도 한다.

바르가스 요사를 이야기할 때 빠질 수 없는 것이 쿠바 혁명과의 관계이다. 1959년에 쿠바 혁명이 성공하자, 라틴아메리카 작가들은 대부분 공산주의자는 아니었지만, 사회주의의 동조자가 되었다. 그래서 라틴아메리카 지식인은 모두 좌파라고 말하기도 했다. 바르가스 요사는 그런 작가들의 선봉에 서서 쿠바 혁명을 열렬히 지지했고, 쿠바 정부의 공식 문화기관인 '아메리카의 집'에서 발간하는 월간지 〈아메리카의 집〉에 많은 글을 기고했다. 당시 쿠바 정권은 혁명을 소재로 다루는 혁명 소설뿐만 아니라, 소설을 혁명해야 한다는 주장도 함께 수용했다. 많은 작가는 '혁명 소설'에서 '혁명'은 소설을 수식하는 말이지만, '소설의 혁명'에서 '혁명'은 본질이 된다고 주장하면서, 후자의 입장을 강조했다.

이렇듯 문학 창작을 혁명의 이름으로 폭넓게 수용했지만, 1971년 유명한 시인인 에베르토 파디야(Heberto Padilla) 사건이 일어난다. 시집 『반칙』이 반혁명적이라는 이유로 그가 갇힌 사건이었다. 그리고 쿠바 정부의 압력으로 그는 공개적으로 자아비판을 하면서, 쿠바 혁명 정부에 대한 비판을 취소한다. 그러자 유럽에 체류하고 있던 라틴아메리카 작가 대부분과 사르트르, 보부아르, 뒤라스, 모라비아, 파졸리니 등이 공개서한을 통해 파디야를 석방하고 문학 창작을 억압하지 말라고 요구하는데, 이를 주도한 작가가 바로 바르가스 요사였다. 그러자 카스트로는 자국 현실에 직접 참여하지 않은 채 외국에서 망명 생활을 하면서 자국의 현실을 그리는 라틴아메리카 작가들을 서구와 미국의 부패하고 타락한 사회에서 제국주의와 대도시 자본주의 문화를 중개하는 자라고 비판한다.

이 사건으로 쿠바 혁명을 지지했던 라틴아메리카 작가 대부분이 쿠바 혁명에 환멸을 느끼고 잡지 〈아메리카의 집〉과의 관계를 끊게 된다. 그러자 쿠바 혁명 정부의 문화 정책은 '혁명' 개념을 '혁명 소설' 방향으로 획일화하면서 경직화되고, 쿠바는 더는 라틴아메리카 작가들의 구심점이 되지 못한다. 그리고 바르가스 요사는 좌파에서 우파로 선회하면서, 쿠바 혁명 정부와 완전히 관계를 끊고 신자유주의와 보수주의의 대표자가 된다. 이런 이유로 바르가스 요사가 노벨문학상 수상자로 발표되자, 국내에서 몇몇 연구자는 그의 노벨문학상 수상에 유감을 표했는데, 이것은 그의 문학 작품에 바탕을 둔 평가는 아닌 것으로 보인다.

이런 다채로운 일화들은 그의 작품에 녹아들어 있고, 그의 작품 세계도 소설의 혁명을 추구하는 '진지한' 실험소설부터 '라이트'한 소설까지 다양하다. 초기에는 진지한 작품을 썼지만, 1973년 이후 진지하고 무거운 작품과 더불어 유머가 주를 이루는 가벼운 작품을 다수 발표한다. 이런 경우 번역자는 작가의 작품을 일관된 문체로 번역할 수 없고, 작품의 성향과 정신에 맞게 다소 변화를 기해야 한다. 특히 번역자에게 진지함 속에 스며 있는 유머 번역은 힘들다. 그것은 자칫 잘못하면 독자들이 노벨문학상 작가의 작품을 읽을 때, 그 작품에 압도되어 '유머' 혹은 '농담'을 제대로 이해하지 못한 채 '진담'으로 읽는 경우가 종종 일어나기 때문이다.

바르가스 요사의 작품 번역 이야기

바르가스 요사의 작품 중에서 내가 가장 먼저 번역 의뢰를 받은 것은 『세상 종말 전쟁』이었다. 아마 2002년 말이었을 것이다. 당시 번역할 작품들이 많이 밀려 있어서, 그 번역 의뢰를 수락할 수 없었다. 이후 나는 문학동네 세계문학 편집위원을 맡았고, 스페인어권 작품을 기획하고 선정하게 되었다. 그런데 라틴아메리카의 주요 작가 저작권은 이미 다른 출판사에서 확보하고 있었기에, '세계문학'에 걸맞은 라틴아메리카 현대작품을 선정하는 일은 쉽지 않았다. 그때 출판사에서 바르가스 요사의 소설 몇 권의 저작권이 풀렸다는 소식을 알려주었고, 그렇게『판탈레온과 특별봉사대』는 문학동네 세계문학전집에 들어가게 되었다.

이 소설은 1982년에 번역되어 중앙일보사에서 출간한 〈오늘의 세계문학〉에 수록된 적이 있었다. 그러나『빤딸레온과 위안부들』이라는 제목으로 출간된 이 번역본은 오역도 많고 누락된 부분도 꽤 있으며, 작품의 구조와 의미를 제대로 이해하지 못한 채 번역이 진행된 걸로 보인다. 2009년에 출간된 새 번역본은 이런 문제를 모두 바로 잡았고, 그래서 바르가스 요사의 작품 중에서 처음으로 제대로 번역된 소설이라고 말할 수 있다. 이런 현상은 1998년에 출간된『녹색의 집』에서도 일어난다. 바르가스 요사의 초기 대표작 중의 하나인 이 소설은 세 개의 주된 이야기가 시공간적으로 뒤얽힌 작품으로 1967년에 로물로 가예고스 국제 문학상을 받았다. 당시 이 소설의 실험적 구조를 이해하지 못했기에, 한국어 번역본은 종종 생략되거나 오역되거나 빠진 부분이 꽤 있는 불완전한 번역이다. 아직 이 작품의 제대로 된 번역본은 출간되지 않고 있다.

『판탈레온과 특별봉사대』(1973)는 바르가스 요사가 쿠바 혁명에 회의를 느끼고 정치적 성향을 바꾼 후 발표한 첫 번째 소설이다. 이 소설은 외딴 아마존 밀림에서 고립되어 복무하는 페루 병사들의 이야기를 다룬다. 군인들이 섹스에 굶주려 인근 마을의 여자들을 겁탈하자, 지역주민들은 병사들의 불법적 행위를 고발하고, 그 소식은 수도 리마에 닿는다. 그러자 군 고위층은 병사들이 성욕을 달랠 수 있도록 밀림 지역으로 담당자를 파견하여 창녀들을 고용하기로 한다. 군 당국은 판탈레온 판토하 대위에게 군인이라는 신분을 숨기고 비밀리에 임무를 수행하도록 요구한다. 그는 다른 군인들과 만나지도 못하고, 그 누구에게도 심지어 아내와 어머니에게도 비밀임무의 성격을 밝혀서는 안 된다.

원리원칙주의자인 판탈레온 대위는 처음에 그 임무를 거부하지만, 결국은 맡게 된다. 그리고 할당받은 기지를 깨끗이 청소하고 철저히 위생을 지키면서 비밀을 유지한다. 그가 수행하는 임무는 '수국초특'(수비대와 국경 및 인근 초소를 위한 특별봉사대)를 조직하여, 창녀들을 아마존 지역의 병영과 초소로 데려가 병사들의 성욕을 해결해주는 것이다. 이 창녀 중에는 아주 매력적인 '미스 브라질'이 있는데, 판탈레온은 그녀를 자기 애인으로 삼는다. 이후 그녀는 이키토스 주민들에게 살해되고, 판탈레온은 장교복을 입고 그녀 장례식에 참석하면서, 봉사대의 성격을 공개한다. 이 사건 때문에 '수국초특'은 군 내외에서 심한 비판을 받고, 결국 봉사대 기지는 폐쇄된다.

1973년에 출간된 이 작품은 유머가 거의 사용되지 않은 초기 작품들과 달리, 유머로 가득하다. 바르가스 요사는 유머에 아무 관심이 없었는데, 이 소설을 쓸 때부터는 문학에서 유머가 얼마나 중요한지 깨달았다고 밝힌다. 그러면서 유머가 인간의 본성을 탐구하고 문학적으로 표현할 수 있는 여러 수단을 제공하며, 특히 소설을 쓸 때는 매우 중요하다고 말한다. 이 작품에서는 유머를 직접 느낄 수 있으며, 웃음과 함께 비극적 의미를 이해할 수 있다. 이렇게 유머가 주를 이루는 작품에서 유머를 제대로 번역하지 못한다면, 농담을 진담으로 해석하여 의미가 뒤바뀌는 경우가 생길 수 있다.

『판탈레온과 특별봉사대』는 유머를 통해 속은 썩을 대로 썩었지만, 겉으로는 청교도처럼 행동하는 페루 군부를 패러디한다. 그리고 군부와 똑같이 행동하는 정치계를 비웃는데. 여기서 군부는 매음굴이고, 장성급과 영관급은 관리인이며, 위관급 장교들은 뚜쟁이나 기둥서방이고, 병사들은 매음굴을 드나드는 사내들이며, 창녀들은 엘리트 집단으로 해석될 수 있다. 또한 아마존에 주둔한 병사들의 성욕을 해결하려는 방식은 한 국가가 급박한 문제를 얼마나 황당한 방법으로 다루고 있는지를 유머러스하게 보여준다고 볼 수 있다. 다시 말해, 이 소설은 유머로 가득하지만 그 안에는 정치적 의미가 함축되어 있다.

『새엄마 찬양』(1987)은 내가 번역한 바르가스 요사의 두 번째 소설로 2010년에 우리말로 출간되었다. 이 작품은 예전에『궁둥이』라는 제목으로 출간된 적이 있지만, 그 역시 문장이나 어휘를 잘못 이해한 오역이 자주 눈에 띈다. 이 작품은 사회 비판적 성격과는 다소 거리가 있고, 에로티시즘 문학 분위기의 가벼운 소설이지만, 문체는 그리 단순하지 않다. 이 소설은 어린아이가 여섯 개의 유명한 그림을 성적인 관점에서 바라보는 게 주를 이룬다. 일반적으로 에로티시즘 소설이 음침하며 잔인하고 폭력적인 분위기를 띠는 것과는 달리, 이 작품은 밝고 우아하며 심지어 아름답고, 성은 예술적 차원을 획득한다.

사회 비판적이며 문학성이 뛰어난 유명 작가가 에로티시즘 작품을 썼을 경우, 세간의 비판에서 벗어날 수 없다. 가령 작가가 자본주의 체제에서 타락하여 훌륭한 문학 작품보다는 상업적으로 성공할 수 있는 작품을 썼다는 비난을 받을 수 있다. 바르가스 요사도 이 작품의 출간으로 '타락'했다고 평가받기도 했지만, 비평계의 반응은 대체로 긍정적이었으며, 겉으로 보기에는 에로티시즘 소설이지만, 실제로는 탈신비적 힘을 지닌 짧은 대작이라는 의견이 지배적이었다. 그것은 아이의 수준에서건, 어른의 빈약한 환상의 수준에서건, 에로티시즘이 위선의 가면을 벗기는 상징이자 도구로 작용하기 때문이다.

내가 세 번째로 번역한 바르가스 요사의 소설은 그가 2000년에 발표한 『염소의 축제』이다. 그의 노벨문학상 수상이 발표되던 때, 나는 이 작품의 마지막 교정지를 출판사에 보낸 상태였다. 그래서 한글 번역본은 2010년 10월 말에 출간되었다. 이 소설은 바르가스 요사가 도미니카공화국의 독재자 라파엘 레오니다스 트루히요(Rafael Leonidas Trujillo)에 관해 쓴 작품으로, 우리나라에서는 그의 작품 중에서 가장 호평을 받은 작품이다. 아마도 이 소설을 읽으면서 우리가 경험한 군사독재의 과거를 떠올렸기 때문일 것이다.

많은 사람은 이 작품이 독재자 소설이기에 사회 비판을 목적으로 삼고 있을 것이고, 따라서 사실주의 기법을 따를 거로 추측할 것이다. 그러나 이 소설은 독재자의 마지막 나날에 초점을 맞추면서, 사실주의 기법이 아니라, 플래시백, 대화, 회상, 다양한 화자, 목소리의 중첩 등을 통해 독재자의 삶에서 중요했던 순간들을 재구성한다. 그러면서 이 소설에는 세 개의 다른 이야기가 서술된다. 이 이야기들은 관점과 시간, 그리고 공간도 다르지만, 모두 트루히요 독재라는 역사적 상황을 다룬다. 트루히요의 독재를 재구성하는 세 개의 관점은 ⑴ 35년 만에 도미니카공화국으로 돌아온 우라니아의 현재 관점(1996년), (2) 트루히요와 그의 협력자들의 대화를 통한 과거 관점, (3) 독재자 살해 음모와 그를 처형한 사람들의 죽음, 그리고 새로운 정부 수립으로 이루어져 있다. 이 소설은 기본적으로 역사적 사실에 바탕을 두고 있지만, 이것을 '상상된 사실'과 뒤섞으면서 트루히요의 절대 권력과 그것이 국민에게 어떤 영향을 끼쳤는지로 나아간다.

이 소설은 트루히요의 독재에 초점을 맞추고 있지만, 주인공은 우라니아이다. 그녀는 이 소설의 처음과 끝을 장식하는 사람으로, 실존 인물이 아니라 바르가스 요사가 만들어낸 인물이다. 또한 이 소설이 과거의 역사적 관점뿐만 아니라 현대적 관점도 지닐 수 있도록, 다시 말해 독재와 트루히요의 죽음을 비롯해 그 이후 전개된 혼돈과 폭력을 현대적 관점에서 서술하도록 만들어주는 연결고리이다. 그리고 우라니아는 잔인하기 그지없던 독재 기간에 자유를 빼앗기고 침묵을 지켜야만 했던 탄압받은 모든 여자를 상징한다. 또한 독재자에게 상상할 수 없을 정도로 치욕을 당하고 타락해야만 했던 도미니카 국민 전체를 대표하는 인물이기도 하다.

일반적으로 마리오 바르가스 요사의 대표작으로는 『도시와 개들』이나 『녹색의 집』 같은 초기 작품이 언급된다. 그것은 아마도 그 작품들이 작가에게 국제적 명성을 가져다주었기 때문일 것이다. 1980년대 중반 이후 바르가스 요사는 가벼운 소재의 작품들을 많이 쓰면서 이제는 중요한 작품을 쓸 능력을 상실했다는 평을 듣고 있었다. 그러나 『염소의 축제』를 출간하면서, 작가로서 아직도 건재함을 보여준다. 이 소설은 바르가스 요사의 후기 대표작이자, 쿠바와 베네수엘라의 독재체제에 대한 그의 비판적 견해를 보여주는 작품이다.

『나쁜 소녀의 짓궂음』(2006)은 내가 번역한 네 번째 바르가스 요사의 소설이다. 이룰 수 없는 사랑을 주제로 한 이 소설은 매우 재미있고 경쾌하면서도 안타까운 작품이다. 재미있는 이유는 시간 순서대로 가독성 있게 전개되는 '착한 소년'과 '나쁜 소녀'의 수십 년에 걸친 사랑 이야기 자체가 흥미진진할 뿐만 아니라, 현실과 상상을 교묘하게 조합해내는 바르가스 요사의 재능을 음미할 수 있기 때문이다. 경쾌한 이유는 『염소의 축제』처럼 거대 담론을 다루는 대신, 우리와 비슷한 평범한 주인공을 내세워 쉬운 문체로 일상적 존재의 의미를 탐구하기 때문이다. 마지막으로 결코 이루어질 수 없는 이들의 사랑 때문에, 더 나은 삶을 위해 노력하지만 결국 쓸쓸하게 생을 마감하는 나쁜 소녀 때문에 안타깝다. '착한 소년' 리카르도는 나쁜 소녀를 사랑하지만, 그녀는 그의 사랑에 반응하지 않는다. 그래서 이들의 사랑은 완성될 수 없다. 그녀는 항상 리카르도에게 희망을 불러일으키지만 결국 절망에 빠뜨린다. 이 작품은 두 인물의 꿈과 욕망이 절대로 이루어지지 않는 사랑 이야기이다.

이 소설은 플로베르의 작품과 많은 관련이 있는 것 같다. 플로베르는 바르가스 요사의 문학 모델이다. 특히 『감정교육』과 『마담 보바리』가 떠오른다. 우선 『감정교육』은 주인공 프레데리크 모로가 여행 중 배에서 만난 연상의 유부녀 아르누 부인을 거의 삼십 년에 걸쳐 사랑한다는 이야기인데, 그것이 『나쁜 소녀의 짓궂음』과 비슷하기 때문이다. 한편 나쁜 소녀는 보바리 부인처럼 자기 운명에 만족하지 않는다. 주어진 현실보다 더 높고 화려한 세계를 열망하면서 위험천만한 모험도 마다하지 않지만, 그녀의 욕망은 이루어지지 않는다. 또한 보바리 부인이 남자에게만 허용된 자유를 누린 죄로 고통스럽게 죽는 것과 마찬가지로, 나쁜 소녀도 보바리 부인처럼 열정적이고 화려한 삶을 갈망하다가 결국 암에 걸려 죽는다.

내가 번역한 바르가스 요사의 작품 중에서 가장 최근에 출간된 책은 그의 첫 번째 소설 『도시와 개들』(1963)이다. 2021년에 우리말로 출간된 이 작품은 1960년대에 유럽에서 라틴아메리카 소설의 '붐'을 일으킨 주역이며, 동시에 기존의 전통과 단절하고 이야기 쓰는 방식을 바꾼 작품이다. 『도시와 개들』은 조이스와 포크너, 혹은 플로베르의 문학 기법을 발전시켰거나 재정리한, 혹은 다시 무질서하게 만든 라틴아메리카 소설의 대표작이다. 그래서 소설적 시간과 공간이 교차하고, 서로 대립하는 관점이 나타나면서 여러 인물의 내면과 외면의 목소리를 보여준다.

전체적인 작품의 흐름을 살펴보면, 이 작품은 어느 사건의 한가운데에서 시작한다. 바로 화학 시험지를 훔치는 사건이다. 그러면서 이후의 상황을 시간 순서에 따라 전개하지 않고, 과거의 이야기들을 서로 엇갈려 삽입한다. 이 일화들은 중심인물들의 삶과 연결된다. 서로 평행적으로 서술되는 이 일화들은 생도들이 군사 고등학교에 처음 입학하는 시기, 혹은 그들의 어린 시절이나 고등학교 입학 전 시기로 되돌아가곤 한다. 이야기는 여러 장소와 시간에서 순차적이거나 동시적으로 일어나고, 여러 사건이 복잡하게 전개되면서, 이야기를 시작한 사건이 어떤 의미를 갖는지 서서히 밝혀진다.

이런 작품이기에 이해하기 어렵고, 번역도 무척 까다로운 작품이다. 심지어 화자도 마지막 순간에 퍼즐이 맞춰지면서 누구인지 드러난다. 그러니까 독자는 작품 내내 누가 말하는지 알지 못하다가 작품 끝에서야 비로소 알게 된다. 바르가스 요사의 이런 '소설의 혁명' 성향을 보여주는 작품은 『녹색의 집』과 『까떼드랄 주점에서의 대화』로 이어진다. 1980년대와 1990년대에 우리나라에서 바르가스 요사의 작품이 제대로 번역될 수 없었던 것은 사실주의 기법에 익숙해져 있고 라틴아메리카의 새로운 실험 기법에 대한 지식이 부족했기 때문으로 보인다. 라틴아메리카 문학 번역자는 단순한 번역자가 아니라, 새로운 문학 정신과 기법에 대한 지식이 있어야만 했는데, 그런 바탕이 부족했던 것이었다.

라틴아메리카 소설을 번역한다는 것

라틴아메리카 현대소설은 '붐(boom) 소설'이란 이름으로 전 세계에 널리 알려져 있다. '붐'이란 폭탄이 터지는 소리이자 갑작스러운 인기를 의미한다. '붐'이란 말과 '소설'이란 단어로 이루어진 합성어에서 짐작할 수 있듯이, 오랜 세월 동안 주변부에 머물던 라틴아메리카 현대소설이 1960년대와 1970년대에 들어 갑자기 전 세계에 널리 알려지면서, 20세기 후반의 세계 문단을 주도하게 된다. 그리고 이제 라틴아메리카 소설은 '라틴아메리카'라는 지역에 갇혀 있는 게 아니라, 세계문학의 현 단계가 무엇인지 보여주는 문학의 핵이다.

라틴아메리카 현대소설이 세계문학에서 '붐'을 일으키게 된 가장 큰 이유는 훌륭한 문학 작품이 많이 생산되었기 때문이다. '붐 소설'의 대표 작가인 마리오 바르가스 요사는 1960년대에 '원시인'과 '근대인'의 개념을 정립하면서, 기존 문학 전통과 단절을 선언했다. 여기서 '원시인'이란 혁신 없이 사실주의에 집착하던 작가들이었다. 반면에 사실주의와 단절을 선언하며 '소설의 혁명'을 추구한 작가들은 근대인이었다. 즉, 과거의 소설 규칙을 파괴하면서 새로운 실험소설을 통해 현대 사회를 반영하고자 했던 작가들이었다. 이런 작품을 이해하고 번역하려면, 라틴아메리카 각국의 독특한 어휘를 비롯해 문화와 사회적 배경을 아는 것 이외에도, 상당한 문학 지식이 필요하다.

마리오 바르가스 요사의 대표작 중에서 초기 작품인 『도시와 개들』과 『녹색의 집』은 '붐 소설' 작가들의 작품 중에서도 상당히 어려운 편이지만, 1980년대 이후에 발표한 『세계 종말 전쟁』이나 『염소의 축제』는 상대적으로 그렇지 않다. 하지만 그래도 어느 정도의 시공간의 중첩된 구조나 다양한 화자와 관점, 언어의 유희와 직간접 화법에 대한 지식을 갖지 않으면 좋은 번역 결과를 기대할 수 없는 게 사실이다.

라틴아메리카의 '붐 소설'을 번역할 때 문학적·학문적 소양이 필요하다는 것은 미국의 번역자들에게서 확인된다. 라틴아메리카 현대소설의 대표적인 번역자로는 수잔 질 러바인(Suzanne Jill Levine, 1946~), 이디스 그로스먼(Edith Grossman, 1936~), 그리고 그레고리 라바사(Gregory Rabassa, 1922~2016)를 들 수 있다. 이 세 번역자는 출판사 의뢰를 받아 번역하는 '단순' 번역자, 혹은 수동적인 번역자가 아니라, 연구자이자 교수이며 출판기획자로도 적극적으로 활동했으며, 그렇게 미국에 번역되는 라틴아메리카 소설을 선정하고 결정하는 역할도 맡았다는 공통점이 있다. 또한 자신들의 번역 경험을 바탕으로 번역에 관한 글을 출간했고, 이제 그들의 책은 번역가나 번역 연구자들에게 필독서로 여겨진다. 이디스 그로스먼은 『번역 예찬』(현암사, 2014), 그레고리 라바사는 『번역을 위한 변명』(세종서적, 2017)을 통해 국내 독자들에게 소개되어 있다. 한편 수잔 질 러바인은 『전복적 필기사(Subversive Scribe)』(1991)에서 자신의 번역관을 피력한다.

여기에서 알 수 있듯이, 이 번역자들은 라틴아메리카 현대소설을 이해하고 가르칠 수 있는 전문적인 지식이 있는 사람들이고, 그런 지식을 바탕으로 작업했기에 그들은 제대로 번역할 수 있었다. 반면에 라이샌더 켐프(Lysander Kemp)가 번역한 마리오 바르가스 요사의 『도시와 개들』은 '영웅의 시대(Time of Hero)'로 출간되어 있지만, 혹평받는 대표적인 번역본이다. 그는 대학교수이긴 했지만, 주로 라틴아메리카 시를 연구한 학자이기에 라틴아메리카 현대소설에 대해서는 지식이 풍부하지 않았던 것 같다. 그래서인지 이후 바르가스 요사의 주요 작품 번역은 그레고리 라바사에 의해 이루어진다.

소설 번역자는 단순히 말을 옮기는 사람이 아니고, 작품 속에 고동치는 정신을 옮기는 사람이다. 소설은 단어나 말 모음집이 아니라, 일화와 말 속에 숨겨진 의미의 집합체이며, 따라서 번역자는 그 의미를 이해해야 제대로 옮길 수 있다. 그래야만 작품의 정신을 잘 전할 수 있다. 그래서 마리오 바르가스 요사의 작품 번역에 대해 말하자면, 이것은 작가의 실험정신과 도전 정신을 이해하고 그의 일화 속에서 드러나는 자유로움과 유희성을 표현하는 작업이라고 말할 수 있다.

Orhan Pamuk

튀르키예 출신의 작가. 2006년 노벨문학상을 수상하였다. 대표작으로 『내 이름은 빨강』이 있으며, 문화적 충돌 및 정체성 혼란 등에 대한 문제를 다루는 소설을 발표해 왔다. 한국에서도 사랑받는 작가로, 지금까지 발표된 모든 소설이 한국어로 번역되어 있다.

옮기는 사람들 이난아

한국외국어대학교 교수

바늘로 우물 파는 작가와 4반세기[1]

오르한 파묵

들어가는 말

한 문화는 그 지역성을 넘어섰을 때 비로소 국제성을 확립할 수 있다. 이러한 국제성 확립은 한 문화가 다른 문화와 예술 작품에 대한 개방으로 실현된다. 이러한 영향을 조성하도록 도모해주는 가장 중요한 도구 중 하나는 번역 작품과 예술 작품의 상호 교환이라고 할 수 있다.

번역은 역사 이래 다른 세계와 문화를 이어주는 중요한 역할을 담당하고 있어 최근 더욱더 중요하게 인식되고 있는 고도로 전문화된 학문 분야이다. 번역 작품들은 다른 세계에 살고 있는 사람들의 척도를 우리에게 알려주고, 우리가 어느 지점에 와 있는지를 가늠할 수 있는 가능성을 부여해준다. 예컨대, 자국의 경제적, 사회적 구조에 의해 획일화된 정신과 감성 이외에 다른 사고방식과 산물이 있다는 것을 알게 해준다는 의미이다.

---

[1] 이 글은 이난아, "오르한 파묵 번역과정의 문제점과 대응사례", 『통번역학연구』, 제14권 2호, 2011; 이난아, 『오르한 파묵, 변방에서 중심으로』, 민음사, 2014에 수록된 글을 취합 및 수정한 것임을 밝힌다.

한 국가가 번역을 등한시하고, 번역 작업이 체계적으로 시행되지 않고는 세계 문명의 역사를 이해하는 것은 불가능하다. 더욱이 번역은 자국 언어에 새로운 가능성, 새로운 차원 그리고 새로운 개념을 더해주며, 경험하지 못했던 감성의 형태를 표현하기 위해 자국어의 모든 가능성을 타진하게 되고, 이전에 없었던 서술 방식으로 유도하여 자국어를 풍부하게 만든다. 즉, 번역으로 말미암아 자국의 문화는 확장되고, 언어는 풍부해지고, 갈수록 새로운 가능성으로 무장하게 된다.

아르투르 쇼펜하우어는 일찍이 "한 언어의 어휘는 다른 언어의 어휘와 동등한 의미를 지니지 않는다. 그러므로 한 언어의 어휘로써 표현한 개념은 다른 언어의 어휘로 표현한 개념과 동일하지 않다."라고 밝힌 적 있다. 이렇듯 번역이 불가능하다는 주장은 그 유명한 프로스트를 비롯하여, '번역은 반역'이라는 말까지 등장하게 되었다. 물론 이에 못지않게, '번역은 제2의 창작'이라는 쪽에 손을 들어 주면서, 훌륭한 번역 작품은 원작 못지않게 가치가 있으며, 더 나아가 인류의 정신활동에 공헌한다는 긍정적인 사고를 피력한 학자들도 있다. 어느 한 쪽의 옳고 그름을 떠나 번역은 역사 이래 현재까지 꾸준히 지속되고 있고, 특히 최근에는 세계화의 확산과 더불어 더 빠른 속도로 번역 활동이 발전되는 양상이 나타나고 있다.

이 지면에서는 필자가 터키문학 사상 최초로 2006년 노벨문학상을 받은 오르한 파묵(Orhan Pamuk, 1952~) 작품 번역 과정에서 봉착했던 어려움을 어떻게 대처해 나갔는지를 문학번역에 초점을 맞춰 번역의 원론적인 문제와 번역 사례별로 분류하여 언급하고자 한다. 이와 더불어 필자가 전담으로 번역하고 있는 오르한 파묵과의 오랜 세월에 걸친 교감이 번역하는 과정에서 필자에게 어떠한 영향을 미쳤는지에 대해 다양한 사례를 통해 공유하고자 한다.

번역과 번역가에 관한 소고

번역 활동은 어떤 외국어로 쓰인 텍스트를 접하게 될 경우 그것을 읽고 이해하고자 하는 충동에서 시작되어, 그 텍스트가 다른 사람들에게도 유용할 것인지에 대해 결정을 한 후 본격적인 작업에 임하게 된다.

기술 발전과 사회의 구조적인 변화로, 갈수록 지식 전달에 혼란을 겪고 있는 실정이다. 이러한 시대에서 한 사회가 다른 세계에서 맞서 이방인으로 남지 않기 위해, 번역이 소통의 한 방법으로 중요한 의무를 띠고 있다. 하지만 무엇보다도 번역은 이를 넘어 다른 사회를 알고, 그 사회와 대면하였을 때 단지 정보뿐 만 아니라, 다양한 감성을 이해하는 데 필요하다고 할 수 있다.

번역의 필요성은 무엇보다도 먼저 다른 문화에 대한 깊은 이해심과 창의적 지적 활동의 토대가 된다는 것으로 부각된다. 번역을 토대로 하지 않은 모든 지적 활동은 사상누각이라 할 수 있다. 일례로 서양인들이 동양철학, 동양인들이 서양철학과 신화를 이해하는 토대는 번역이었으며, 성경의 번역 없이는 기독교가 세계 각지에 이렇게 확산되지 않았을 것이다. 또한 번역은 목표 언어를 확장 및 심화하여 풍부하게 만드는데, 일례로 라틴어는 유럽 언어, 한자는 한국어, 일본어, 베트남, 아랍어는 페르시아어와 터키어에 지대한 영향을 미쳤다. 이렇듯 번역 활동은 동서고금을 막론한 교감을 형성했는데 지대한 영향을 미쳤으며, 다른 문화의 영향 없이 홀로 성장하는 문화와 문학은 없다는 것을 증명해 보였다.

문학 번역은 다른 장르의 번역에 비해 다소 어려움이 따른다. 학술 서적이나 전문 서적, 혹은 비문학 텍스트는 정보 전달이 목적이지만, 문학 텍스트는 인간 정신의 재현, 미학의 도구이기 때문에 창조적 번역이 요구되기 때문이다. 이러한 의미에서 니다(Nida)는 "예술적 감수성(artistic sensitivity)은 문학 작품을 옮기는 그 어떤 일류(first-rate) 번역에서도 필수 불가결의 요소"라는 점을 인식했다. 특히 번역가는 기점 언어와 목표 언어 사이의 언어 체계와 문화 차이에 대한 확실한 인식이 필요하며, 특히 문학 번역 방면에서 창조적 능력이 부족한 번역자는 오랜 세월에 걸친 연마 과정이 요구된다.

그렇다면 좋은 번역의 요건으로 어떠한 미덕들이 요구되는지 생각해보자. 무엇보다 먼저 원작에 버금가는 예술성이 유지되어야 할 것이다. 번역자는 번역에 임할 때, '의미'를 가장 가깝고, 자연스럽게, 가능한 한 그대로 옮기는 것과 동시에 원천 텍스트가 주는 것과 동일한 감흥을 부여하려는 부단한 노력을 기울여야 할 것이다.

니다(Nida)에게 있어 번역의 성공 여부는 무엇보다 독후(讀後) 반응에서의 등가(equivalent response)를 달성하는지에 좌우된다. 이는 번역문의 네 가지 요건 중에 하나이기도 한데, 첫째, 말이 된다(making sense), 둘째, 원문의 정신(spirit)과 양식(manner)을 전달한다. 셋째, 자연스럽고 편안한 형태의 표현(easy form of expression)을 갖는다, 넷째, 동일한 반응(response)을 유도하는 데 있다.

니다(Nida)의 이러한 주장 중 둘째 요건을 문학 번역의 경우에 적용해 보면 문체와 관련이 있다. 문학 작품의 진정한 가치는 문체에 있으므로, 번역자는 무엇보다도 예술가의 섬세함으로 작가의 문체에 다가가야 한다. 일례로 프루스트의 만연체를 간결체로 바꾸어 번역하는 것은 작가에 대한 무례라고 할 수 있다. 이는 기점 언어의 작품성(예술성)을 보존하는 차원에서 절대적으로 우선시되어야 한다. 문체 면에서 이러한 난관을 극복하고, 독후의 등가를 달성한다면 어느 정도 성공적인 번역에 도달했다고 할 수 있다.

이러한 좋은 번역을 위해 부단히 힘쓰는 번역가의 소양에 대해 살펴보면, 일차적으로 번역가는 이상적인 독자이자 작가로서의 소양을 갖춘 사람이라 할 수 있다. 이는 원천 텍스트를 꼼꼼하게 이해하고 작가로서의 최소한의 자질을 보유한 사람이라고도 볼 수 있다. D.H. 로렌스, T.S.엘리엇, 푸시킨, 파스테르나크, 나보코프, 이윤기, 안정효, 김연수 등은 창작과 번역을 동시에 겸하는 예술가로서 좋은 예라고 할 수 있다. 튀르키예 역시 많은 작가들이 서양 작품들을 번역하며 문단에 등단했고, 이들은 이후 문학사에 지대한 영향을 미친 작가들로 자리매김 했다.

또한 문학 번역가는 기점 언어 작가의 사상, 문체, 독특한 어휘, 작품의 미묘한 뉘앙스를 창조적으로 재현하는 사람이 되어야 한다. 이러한 점에서, 발터 베냐민은 문학 텍스트 번역에 대해 "다른 말의 마력에 걸려 꼼짝 못하는 순수한 언어를 그 자신의 언어로 해방시키고, 또 다른 작품 속에 갇혀 있는 언어를 그 작품의 재창조를 통해 해방시키는 것이다."라는 말로, 번역가를 '재창조자'로서의 위상에 초점을 맞춘다.

이와 같은 선상에서 안정효는, "소설 번역에서 결코 저질러서는 안 되는 가장 흔한 우리나라 사람들의 잘못은 긴 문장을 난삽하다거나 번역이 힘들다는 핑계를 내놓고 여러 토막으로 잘라 놓는 행위이다. 나는 이것이 본디 문체의 흐름과 호흡을 무시하는 '문학적 살육'에 해당된다고 믿는다. 그것은 '번역은 반역이다'라는 소리를 들어 마땅하다."라며 번역가는 작가의 문체를 최대한 섬세하게 옮기는 데 혼신의 힘을 다해야 한다고 강조한 바 있다.

더불어 기점 언어는 말할 필요도 없고, 완벽한 목표 언어 활용지식, 상상력도 갖추고 있다면 최상의 문학 번역가라고 할 수 있고, 더 나아가, 훌륭한 연구자이자 인문학자, 문화전문가, 지역 전문가의 소양도 갖추어야 할 것이다. 그리고 무엇보다도 번역할 당시에 번역 대상 텍스트를 집필한 작가와 같은 생각과 감정을 공유한다면 금상첨화의 요건이 될 것이다.

이상으로 번역과 번역가, 번역의 필요성 그리고 좋은 번역에 대한 사고를 가늠해보려고 했으나 이는 어디까지나 번역 활동을 지속하고 있는 필자의 졸견이라고 할 수 있다. 위에서 언급한 것 이상의 논지를 개진할 수도 있겠지만, 본 글이 오르한 파묵의 작품을 번역할 때 봉착했던 난관들을 어떻게 극복하려고 노력했는지에 초점을 맞출 것임을 감안하여, 다른 기회에 이 부분에 대해 좀 더 심도 있는 고찰을 하겠다는 의지를 밝히는 것으로

매듭짓고자 한다.

오르한 파묵 소설 번역 사례

튀르키예 문학 사상 최초로 2006년 노벨문학상을 수상한 오르한 파묵은 현재까지 국내에 필자의 번역으로 열한 편의 장편소설과 회고록, 강연록 그리고 다양한 글들을 모은 에세이집 등 세 권이 소개되었다.

오르한 파묵 텍스트의 가장 두드러지는 특징은 만연체라고 할 수 있다. 일례로 『이스탄불—도시와 추억』에서는 몇 장에 걸쳐 마침표가 없는 부분들이 꽤 있는데, 일례로 한국어판 134~141쪽까지는 원천 텍스트와 동일하게 마침표 하나로 끝맺는 것으로 번역했다. 독자가 읽기 편하도록 파묵의 문체를 해체하는 것, 긴 문장을 짧은 문장으로 변조하는 것, 제거하는 것은 수용할 수 없는 행위이다. 이것은 바로 작가를 배반하는 행위 그 자체라고 할 수 있다. 예컨대, 학문적인 텍스트를 동화 같은 분위기나 문체로 번역하는 것이 잘못된 것처럼, 번역할 때 한 작가의 문체를 소멸시키는 것 역시 그만큼 잘못된 것이다. 왜냐하면 한 작가의 문체는 예술가의 정체성과 절대 분리될 수 없는 부분이기 때문이다.

필자는 번역할 때 최우선적으로 작품의 원천 텍스트를 최대한 살리는 쪽으로 번역하고 있다. 문체와 어휘의 독특함과 개성도 존중해서 문장의 길이나 구두점의 위치나 숫자까지 충실하게 번역한 후 한국어의 실정에 맞게 부득이한 경우에만 주관적인 수정이나 소극적인 의역의 융통성을 발휘할 뿐이다. 어디까지나 중요한 것은 낯선 다른 나라의 문화나 이질적인 차이의 정신을 도착 언어 국가에 고스란히 전달하는 것이 번역의 목표라고 생각하기 때문이다. 튀르키에 문학 번역 작품에서 가장 난해하고 어려웠던 오르한 파묵의 작품을 번역할 때 최대한 원문의 의미를 살리고자 했으며, 터키어에 대비되는 한국어의 어휘를 찾기 위해 부단히 노력했다. 이제 필자가 번역을 하면서 봉착했던 다양한 어려움을 어떻게 해결했는지에 대한 사례들을 들고자 하자.

문화색이 짙은 단어 번역 사례

먼저, 목표 문화 독자들에게 생소할 경우 작품의 분위기에 따라 '자국화' 하지 않고 역주로 처리했다. 아래 인용문에서 이탤릭체로 표시한 부분이다.

#1

"그래서 갈립은, 잠들기 전까지 앉아 있던 책상 바로 옆에 제랄의 변장 소품이 든 상자가 놓여 있는 것을 보고도 전혀 놀라지 않았고, 그 안에 들어 있는 물건에도 놀라지 않았다. 중산모자, 술탄의 터번, *카프탄*, 지팡이, 부츠, 얼룩이 진 비단 셔츠, 크기가 다양한 형형색색의 가짜 수염, 가발…"(『검은 책 2』, 199쪽)

* 역주: 소매가 길고, 허리띠를 매는 터키의 전통적인 긴 겉옷.

2

"결혼식의 주례를 맡아줄 *이맘*을 구하는 것도 어렵지 않으니까, 당신은 당장 오늘 밤부터 내 남편으로서 나와 한 지붕 아래에서 살 수도 있어요. 그러면 우리도 그 악마에 대한 두려움 때문에 벌벌 떨며 밤을 보내지 않아도 되겠죠."(『내 이름은 빨강1』, 342~343쪽)

* 역주: 이슬람 사원의 목회자.

만약, 이슬람 문화 지식이 없는 사람이 번역할 경우 '목사', '신부'로 번역할 소지가 있다.

"차라리 *차르샤프*를 입혀서 내보내지, 수치스럽고 우스꽝스럽기 짝이 없군!"(『순수 박물관2』, 94쪽)

* 역주: 머리부터 발까지 온몸을 덮는 여성용 외출복. 아랍권에서는 '부르카'라고 한다.

무슬림 여성이 착용하는 의복은 그 종류에 따라 다양한 명칭이 있다. 일례로 '히잡'은 무슬림 여성들이 머리를 가리기 위해 쓰며, 얼굴은 드러낸다. 차도르는 무슬림 여성이 머리와 몸을 가리기 위해 쓰는 망토 정도의 길이의 의상이다. 무슬림 여성의 의상과 관련된 단어는 문화색이 짙은 언어이므로 원천 언어 그대로 옮기고 역주로 처리했다.

기점 언어에서 고유 명사 또는 고유 명사처럼 쓰이는 경우에는 목표 언어 독자의 이해 차원과 소설 흐름 이해를 돕기 위해 역주 처리를 했다.

#1

" (…) 가끔 지나가는 자동차와 낡은 버스 소리, *포아차* 장수와 함께 일하는 *살렙* 장수가 인도에 놓았다가 들어 올리는 주전자 소리, *돌무쉬* 정거장의 승객 정리원이 부는 호루라기 소리……"(『검은 책 1』, 15쪽)

> * 포아차: 요구르트나 치즈가 들어간 간식용 빵.
> * 살렙: 식용이나 약용으로 쓰이는 난초과 식물이나 그것으로 만든 음료.
> * 돌무쉬: 일정한 지역을 왕래하는 마을버스 같은 승합차.

#2

"가명으로 편지를 두 번 보낸 적이 있는데, 한 번은 술탄 압둘하미트의 죽음의 배후에 있는 비밀을 밝힐 가설을 제시했고, 한 번은 *트렁크 살인 사건*으로 알려진, 대학생의 음모와 관련된 것이었지요. 나는 그 사건에 비밀 공작원이 있다고 언급해 주었고, 당신은 그 날카로운 지성을 바탕으로 사건을 조사해 칼럼에 이를 폭로했지요."(『검은 책 2』, 16쪽)

'트렁크 살인 사건'은 1972년 6월에 바누 에르귀데르라는 보스포루스 대학교 여학생이 파샤바흐체 해안에서 트렁크를 들고 있다가 체포된 사건이다. 트렁크에서는 아딜 오바르오울루라는 남자의 시체가 나왔다. 바누는 강간을 당했기 때문에 그를 죽였다고 했지만, 재판 결과 자신들이 속한 정치 단체에서 의견 대립으로 살해했음이 밝혀졌다. 바누 에르귀데르를 포함하여 이 살인 사건과 연루된 네 명은 이스탄불 계엄법정에서 재판을 받고 각각 사형 및 종신형을 선고받았다. 이후 터키 언론에서는 **정치 활동에** 연관된 살인 사건이 발생할 경우 이를 '*트렁크 살인*'으로 표현했다.

이는 일례로, 한국작품을 다른 외국어로 옮기는 사람이 작품 도중에 '개구리 소년 사건' '땅콩 회항'이라는 말이 나왔을 때, 단어를 그대로 옮긴 후, 이 사건에 대해 역주로 설명하는 방법과 같다. 물론 이를 고유한 명사처럼 번역하지 않고 풀어서 번역하는 방법도 있겠으나, 이제는 거의 고유 명사처럼 쓰기 때문에 이 방법도 권장할 만하다.

수사학적 의역 사례

번역된 작품의 궁극적인 미덕은 목표 언어 국가의 독자들에게 자연스럽고 충실하게 읽혀야 한다. 번역에는 필연적으로 두 나라와 문화적 차이에 의한 왜곡과 변화, 오해와 의역이 존재할 수밖에 없지만, 원작의 표현과 의미를 최대한 살리며 변화시키지 않느냐, 목표 언어 국가의 실정과 상황에 맞게 번역자가 개입해서 새로운 의미의 원작을 만드느냐 하는 점은 번역학계의 가장 첨예한 논쟁 주제라고 할 수 있다.

번역을 하다 보면 문장 표현 방식의 변형을 하는 경우가 있는데, 이때 번역의 완결성에 무리가 없는 한도 내에서 창조적인 표현을 구사해야 할 것이다.

이러한 수사학적 의역은 독자들의 이해를 돕고 우리말의 완결성을 고려한 의미로서의 변조라고 할 수 있다. 기점언어에 대한 충실한 번역에 큰 무리가 없고, 목표 언어의 완결성을 높이며, 의미 전달을 최대화하기 위해 피할 수 없는 선택을 하는 경우에 해당된다. 물론 원문에도 없는 말을 넣어서 작가의 작품을 훼손하는 것은 용납하기 어렵다. 또한 번역자와 에디터는 분명히 서로 다른 역할이 있기 때문에, 함부로 원전을 가감하거나 도가 지나친 의역을 하는 것은 기피하는 경우이지만 자연스러운 의역을 위해 부득이 택하게 되는 상황도 있을 수 있다. 이는 단어 對 단어인가, 의미 對 의미인가의 논쟁으로 확장된다. 이러한 실례를 『햄릿』의 영어 → 프랑스어, 프랑스어 → 터키어 번역 사례를 들어 설명해보고자 한다.

번역에서 단어들의 사전적 의미가 반드시 우리들에게 전적으로 도움이 될 거라고 여기지 않아야 한다. 번역한 문장의 단어들의 사전적인 의미를 목표 언어의 문장구조 속에서 맞게 사용하는 번역자가 항상 정확한 번역을 했다고는 볼 수 없다. 이에 관한 흥미로운 사례로, 앙드레 지드가 번역한 『햄릿』과 이 프랑스어 번역판을 터키 작가이자 번역가인 사바하띤 에윕오울루(Sabahattin Eyupoğlu, 1908~1973)가 터키어로 번역한 작품을 예로 들어보자. 작품 초반부 제1막에서 보초병들이 보초 교대를 할 때, 등장인물 베르나르도(Bernardo)는 보초 근무가 끝난 프란체스코(Francesco)에게 "Have you had quite guard?"라고 묻는다. 초보 번역자들의 경우 "보초 조용히 보냈어?" 정도로 번역할 수 있을 것이다. 앙드레 지드는 이를 "Rien vu? Rien entendu?" 처럼 두 가지 질문 형태로 프랑스어로 번역한다. 그러니까, "아무것도 못 봤

노벨문학상과 번역 이야기

어? 들은 건 없어?"라고 식으로 번역한다. 사바하펜 에웁오울루는 "보초 설 때 뭔 일 없었어?"라고 번역한다. 군인들의 대화에 더 익숙한 다른 번역자는 같은 문장을 "보초 설 때 아무 일 없었어?"라고 번역할 수도 있다. 위에서 언급한 번역들은 어느 정도까지 용납될 수 있는 번역이다. 좋은 번역에서 기대하는 것은 모든 언어에서 군인들이 보초 교대를 할 때 이 질문을 서로에게 어떤 방식으로 하든지 이와 비슷하게 말해야 한다는 것이다.

이렇듯 번역이란 단순히 단어를 옮기는 것이 아니라, 텍스트의 분위기, 상황을 포착할 수 있는 탐색 과정을 거쳐 완성되는 것이다.

한편, 문체에 집중하지 않고 작품의 내용 전달에 무게를 둔 경우에 대해 파묵의 소설 『하얀 성』에 의미 있는 부분이 있다. 『하얀 성』은 뉴욕타임스(New York Times) 북 리뷰가 "동양의 새 별이 떠올랐다."라는 극찬을 한 작품으로, 파묵의 명성이 국제적으로 확산되는 계기를 마련해 준 작품이기도 하다. 소설은 한 이탈리아 인이 항해를 하다가 오스만제국의 해군에 포로로 잡혀 오스만 영토로 끌려 왔다가, 호자(Hoca)라는 터키인의 노예가 되면서 그가 오스만 영토에서 살았던 40년간의 세월을 다룬 작품이다. 소설은 바로 이전에 발표했던 『고요한 집』의 등장인물들 중 한 명인 파룩 다르 븐오울루가 쓴 서문으로 시작되는데, 이 서문에서 독자들은 자신들이 읽고 있는 소설이 역사가 파묵 다르븐오울루가 게브제에 있는 문서 보관서에서 발견한 역사적인 필사본을 다시 현대어로 쓴 것임을 알게 된다.

"오스만어로 된 이야기를 현대 터키어로 옮기면서 *문체*에 고심하지 않았다는 것을 독자는 알게 될 것이다. 필사본을 한 두 문장 읽은 후에 원고지가 있는 다른 방으로 가, 머릿속에 남아 있는 *의미*를 현대 어법으로 풀어내려고 노력했다."(『하얀 성』, 16쪽)

이 글은 작가가 오스만어로 된 텍스트를 현대 터키어로 옮길 때, '문체'에 집중하지 않고 그저 소설의 '의미'에 중점을 두었다는 점을 피력하고 있는 부분이다. 이는 원작자의 문체를 무시하고 단순히 그저 '내용'만을 그대로 '옮긴' 번역의 사례라고 할 수 있다. 즉, 진정한 번역의 미덕과는 거리가 있는 번역이다. 대부분의 독자들은 그냥 지나칠 수 있는 부분이지만, 파묵의 작품을 번역하는 필자의 입장에서는 대단히 흥미로운 서술이며, 파묵이 '문체'라는 말을 언급함으로써, 작가가 번역에 있어서 '문체'의 중요성을 염두에 두고 있음을 우회적으로 피력하는 부분이기도 하다. 그럼 이제 필자가 번역을 하면서 변형했던 수사학적 의역의 사례를 들어보기로 하자.

#1

원천 텍스트	Bir gün bir kitap okudum ve bütün hayatım değişti.
직역	어느 날 한 권의 책을 읽었다. 그리고 나의 모든 인생이 바뀌었다.
의역	어느 날 한 권의 책을 읽었다. 그리고 나의 인생은 송두리째 바뀌었다.(『새로운 인생』, 9쪽)

#2

원천 텍스트   Kızım ağlaya ağlaya tükenmiş, bahçe kapısına
           bakıyordur, hepsini göz yolda, kapıdadır.

직역   딸애는 울고 울어 기운이 다 빠진 채 대문만 바라보고 있
           을 것이고, 다른 식구들의 눈은 길과 문을 주시하고 있을
           것이다.

의역   울고 울어 지친 딸애는 넋을 잃고 대문만 쳐다보고 있을
           테고, 다른 식구들도 모두 목을 빼고 내가 돌아오기만을
           기다리고 있을 것이다.(『내 이름은 빨강1』, 15쪽)

#3

원천 텍스트   Şimdiki şikâyetim, dişlerimin kanlı ağzıma leblebi
           gibi dökülmesinden, yüzümün tanınmayacak kadar
           ezilmesinden, ya da bir kuyunun dibinde sıkışıp kalmış
           olmaktan değil.

직역   지금 나의 불만은, 이빨이 빠져 피투성이 입속에서 이집트
           콩처럼 흩어져 있고, 얼굴이 알아볼 수 없을 정도로 짓이
           겨졌거나, 우물 바닥에 옴짝달싹 할 수 없는 상태로 있기
           때문이 아니다.

의역   지금 내가 투덜거리는 까닭은 홀랑 빠진 이빨들이 피범벅
           이 된 입속에서 석류 알처럼 뒹굴고 있어서도 아니고, 형

체를 알아 볼 수 없을 정도로 짓이겨진 얼굴 때문도 아니며, 버려진 우물 속에서 옴짝달싹 못 하게 되어서도 아니다.(『내 이름은 빨강1』19쪽)

#4

원천 텍스트   Ama o bizi bırakıp gitti. Altı gün oluyor, ortalıkta yok. Sırra kadem bastı.

직역   하지만 그는 우리를 두고 가버렸어. 엿새가 지났지만 보이지 않아. 사라져버리고 말았어.

의역   하지만 그가 우리를 두고 가버렸어. 벌써 엿새가 지났는데 그를 봤다는 사람은 아무도 없네. 가뭇없이 사라져버리고 말았어.(『내 이름은 빨강1』, 104쪽)

#5

원천 텍스트   Değiştirme canım, paranı geri iste. Çünkü seni fena kazıklamışlar.

직역   교환하지 말고 돈을 돌려 달라고 해. 속여서 판 거잖아.

의역   교환하지 말고 돈을 돌려 달라고 해. 바가지를 씌운 거잖아.(『순수 박물관1』, 34쪽)

#6

원천 텍스트   Babamın askerlik, benim ise fotbol maçı arkadaşım, eski

kaleci ve araba ithalatçısı Kova Kadri.

직역   아버지의 군대 친구이자 나의 축구 친구, 옛 골키퍼였던

자동차 수입업자 카드리,

의역   아버지의 군대 친구이자 나의 축구 친구 '허수아비 골키퍼'

였던 자동차 수입업자 카드리.(『순수 박물관1』, 117쪽)

'kova'라는 뜻은 원래는 '양동이'라는 뜻으로 가장 많이 쓰이지만 '형편 없는 골키퍼'라는 의미의 은어도 있다. 소설 앞부분에 이 인물이 골을 막지 못하는 골키퍼라는 이유로 주위 사람들이 붙여준 별명이기 때문에 '허수 아비'로 변형하여 번역했다.

화법 번역 사례

터키어에는 어른, 아이, 여성 화법, 남성 화법, 노인 화법이 따로 없기 때 문에 각 등장인물의 성격, 분위기에 따라 번역하는 번역자의 창조적 감각, 즉 작가적인 창조성이 많이 요구된다. 많은 사람이 주장하듯 정말로 번역 이 "제2의 창작"이라면 번역자가 창작력을 가장 많이 발휘해야 하는 부분 은 바로 대화체의 번역 방법부터이다. 이른바 '말투'는 등장인물의 구성에 현실감을 부여하는 가장 가시적인 요소이기 때문이다. 이러한 화법에 대 해 필자가 번역한 몇몇 사례들을 예로 들면 아래와 같다.

"그래야 보따리를 풀었을 때 처음에 무관심했던 여자들도 가슴이 뛰지 않겠어요. 그리고 물건을 살 목적이 아니라 그저 수다나 떨어보려고 모이는 여자들을 위해서는 가볍지만 값비싼 손수건, 지갑, 수가 놓인 목욕 타월을 챙겼지요. 아, 이놈의 보따리는 어찌 이렇게 무거운지. 허리가 부러지겠는걸."

(『내 이름은 빨강1』, 225쪽)

이 예문은 『내 이름은 빨강』에 등장하는 방물장수 에스테르의 독백이다. 그녀는 소설에서 소문을 이리저리 옮기는 수다쟁이며, 중매쟁이기 때문에 경쾌한 느낌을 주는 화법을 사용해야 독자들에게 그녀의 캐릭터를 더 잘 반영할 수 있을 거라는 생각에 이러한 화법을 선택하게 되었다.

같은 작품에서 '나는 개입니다.' 챕터에서는 화자가 개라는 것을 감안해 약간은 동화적인 분위기와 인간들이 자신들을 무시하는 것을 비웃고, 분노하는 개의 감정 이입이 필수이다.

한번은 어느 백정이 내 커다란 송곳니를 보고는 외치더군요.

"세상에, 이건 개가 아니라 거의 멧돼지구먼!"

그 말을 듣고 그자의 다리를 어찌나 세게 물었던지, 기름진 살덩이 밑으로 단단한 대퇴골이 느껴지더군요. 개에게 본능적인 분노와 격정으로 적의 살에 이빨을 박는 것보다 더 큰 희열이란 없지요. 그런 기회가 생기면, 그러니까 물릴 짓을 한 멍청이가 아무 생각 없이 내 앞으로 지나갈 때면, 난 놈을 물고 싶어서 머리가 돌 지경이고, 이빨들은 기대로 가득 차 시큰거리고, 목구멍에서는 나도 모르게 으르렁거리는 소리가 무시무시하게 흘러나오지요. 나는 개입니다."(『내 이름은 빨강1』, 29쪽)

같은 작품의 또 다른 사례로 '저는 한 그루의 나무입니다' 챕터를 보면, 소설에서 나무는 이야기의 주인공이 되지 못하고, 이야기에 나오는 그림에서 하나의 오브제에 불과하기 때문에 불만을 가지고 있는 것 같다. 이러한 경우는 독자들의 동정심을 불러일으키기 위해 호소하는 애절한 말투로 감정 이입하여 번역하는 것이 요구된다.

"저는 아주 외로운 한 그루의 나무입니다. 그래서 비가 올 때마다 울곤 하지요. 제발 지금부터 제가 하는 말에 귀 기울여 주세요. 잠이 싹 달아나고 눈에 생기가 돌도록 커피를 드세요. 그리고 저를 똑바로 바라봐 주시면 제가 왜 이렇게 외로운지 말씀드리겠습니다."(『내 이름은 빨강1』, 90쪽)

한편, 파묵의 『고요한 집』(1983)은 의식의 흐름이 탁월하게 묘사된 소설이다. 각 장은 모두 다른 인물이 등장에 자신들의 이야기를 하는 기법으로 전개되고 있는데, 특히 90세의 '파트마'라는 노부인의 독백은 이 소설의 압권이라고 할 수 있다. 그녀는 유배 명령을 받은 남편과 함께 이스탄불을 떠나 정착한 도시에서 정신적으로 힘들고, 고통스러운 삶을 산 여성이다. 남편은 밥벌이도 하지 않고, 백과사전 집필에 광적으로 집착하며, 바람까지 피우지만, 남편에게 말대꾸하지 말라는 친정 부모의 가르침에 따라 순종하며 살면서, 모든 것을 가슴에 묻고 평생을 살아 온 여자의 지난 세월에 대한 의식의 흐름과 독백이 작품 면면히 흐르고 있다. 필자는 한과 중오가 섞인 노부인의 말투를 창조해야 하는 과제를 풀어야 했다. 소설에서는 그녀의 어린 시절, 처녀 시절, 결혼 생활 등 안개 속에 묻힌 아주 오래전의 이야기가 연상 수법을 통해 되살아나고 있다. 이를 언어로 재현하는 파묵의 펜이 현재 시제의 질서를 허물었다고 판단하여 과거에 발생한 일이니 단순히 과거 시제로 번역하는 것은, 작가에 대한 무례함을 넘어, '문학 번역의 어려움'에서 언급했던 번역자의 무능의 소산이다. 즉, 번역자는 번역하고 있는 작가의 개성적인 문체를 '최대한' 꼼꼼하게 관찰하여 이를 반영해야 한다. 파묵이 이 작품에서 등장인물들의 심적 긴장 상태, 과거로의 회귀, 회고 장면들을 뒤섞고, 서술과 대화체 간의 질서를 허물며 복잡하게 써 내려가고 있다는 것을 항상 염두에 두고 번역해야 한다.

또한 고등학교 2학년에서 상급학년으로 진급하지 못한 하산이라는 등장인물은 소설이 전개되면서 정신적 혼란 상태에 빠져 살인까지 저지른다. 이 하산에게는 반항기 청소년의 말투를 적용해야 할 것이다.

속담 및 관용구 번역 사례

속담은 어떤 사고, 개념, 사건 혹은 현상을 간결한 말로 표현함으로써, 더 큰 영향력을 행사할 수 있는 표현 방법 중의 하나라고 할 수 있다. 모든 민족에서는 조상들의 현명한 사고, 신념, 경험 혹은 교훈을 반영하는 정형화된 경구가 있으며, 이에는 터키도 예외가 아니다. 지면 관계상 각각 한 가지의 사례를 들고자 한다.

속담 번역 사례를 보면 다음과 같다.

원천 텍스트　　Tatlı dil yılanı deliğinden çıkarır.

목표어 번역　　달콤한 말로 뱀을 굴에서 나오게 한다.(『고요한 집 1』, 48쪽)

우리 인간이 사회 활동을 하면서 서로에게 가장 많은 영향을 미치는 것 중의 하나는 아마도 말일 것이다. 위 예문은 '말 한 마디로 천 냥 빚을 갚는다'라는 한국 속담과 비슷한 의미의 튀르키에 속담이지만, 번역할 때 굳이 한국어에 상응하는 속담으로 번역하지 않아도 그 의미가 통하므로, 원천 텍스트를 직역할 수 있는 경우이다. 번역의 미덕 중 하나는 새로운 서술의 가능성으로 목표 언어를 풍부하게 하는 것이다. 이러한 표현은 당장은 쓰이지 않더라도 자주 사용하면 한국어 표현을 다양하게 할 수 있는 잠재성이 있다.

관용구 번역 사례를 예로 들면 다음과 같다.

원천 텍스트　　Artık ok yaydan çıktı.

직역　　　　　화살이 시위를 떠나버렸다.

의역　　　　　이미 엎질러진 물이야.(『순수 박물관1』, 282쪽)

한편, 직유와 은유적 표현을 번역할 때, 목표 언어 독자들이 이해하는

데 무리가 없을 경우 기점 언어의 원천 텍스트를 그대로 표현하거나, 변형 및 변조했다.

| 원천 텍스트 | Gemi ana-bana günüydü. |
| 목표어 번역 | 배는 아수라장이었다.(『하얀 성』, 20쪽) |

터키어에서 'ana-bana günü'는 '최후의 심판일', '인류 멸망의 날'이라는 의미이다. 소설에서는 베네치아로 가는 배 안에 터키 해적이 침입해 물건들을 약탈하고, 고함을 지르는 등 극히 혼란스러운 상황을 이러한 은유적인 표현으로 극대화한 것이다. 이에 인류가 멸망하는 날이라는 극한 표현 대신, 싸움이나 그 밖의 다른 일로 혼란에 빠진 곳이라는 의미의 '아수라장'이라는 표현으로 대치하였다.

직유 사례를 들어보자.

| 원천 텍스트 | ***Buz gibi gecelerde***, han odalarında ocağın sönen aleviyle birlikte yok olup gitme isteği… |
| 목표어 번역 | 살을 에는 추운 겨울 밤, 방에 놓인 화로의 꺼져가는 불씨와 함께 사라지고 싶은 바람…(『내 이름은 빨강1』, 67쪽) |

이탤릭체로 되어 있는 부분을 직역하면 '얼음 같은 밤에'라는 의미이지만, 목표 언어에서는 이와 등가가 되는 '살을 에는 추운 겨울밤'이라는 표현

으로 변형했다.

한국어는 의성어와 의태어가 발달한 언어이다. 터키어도 한국어 못지않게 의성어, 의태어가 발달한 언어인데, 오르한 파묵은 특히 형용사나 부사에 해당하는 단어를 두 번 반복하여 쓰는 방식으로 의성어나 의태어 효과를 내고 있다. 파묵의 이러한 전략을 충분히 반영하여 좀 더 멋있는 표현으로 전달하려는 노력을 했다. 한국어는 진정 터키어에서 사용되는 거의 모든 의성어나 의태어를 번역할 수 있을 정도로 풍부하고 섬세한 언어이다.

원천 텍스트   Sonra kalbim *gümbür gümbür* atmaya başladı.

번역   심장이 **쿵쿵** 뛰기 시작했다.(『순수 박물관1』, 375쪽)

원래 '(심장이) 두근두근 뛰다'라는 의미로 터키어에서는 'küt küt'라는 표현을 쓰는데, 많은 세월이 흐른 후 사랑하는 여자의 물건을 찾은 주인공의 심정을 극대화하기 위해 파묵은 북소리를 표현할 때 쓰는 'gümbür gümbür'라는 표현을 사용했고, 이에 필자도 '쿵쿵'이라는 표현이 주인공의 심정을 더 잘 전달할 것으로 사료되어 이렇게 번역했다.

원천 텍스트   (…) açık kapıdan esen rüzgârla hafif hafif kıpırdanan tül perdeye bakıyorduk.

번역   열린 발코니 문으로 불어오는 바람에 살랑거리는 망사 커

틈만 바라보았다.(『순수 박물관1』, 167쪽)

원래 'hafif'라는 단어는 '가벼운, 약간, 살짝…' 등의 의미로 많이 쓰이지만, 이 단어를 두 번 반복하여 의태어로 사용되었고, 문맥에 따라 가장 부합되는 한국어를 찾아 달리 번역한 사례이다. 성서 번역의 전문가들인 비크만과 캘로우(Beekman and callow)는 원본의 단어나 표현을 항상 똑같이 번역하는 것이 상례라고 말했다. 하지만 문학 작품의 경우, 아무리 같은 단어라 하더라도 문맥의 흐름에 어색하지 않도록 자연스러운 표현을 택하는 것이 필요하다.

문학 및 영화 관련 번역 사례

파묵은 『검은 책』의 한 챕터를 시나리오로 썼고, 이 작품이 「비밀의 얼굴」이라는 영화로 상영될 정도로 영화에 지대한 관심을 가지고 있다. 이러한 취향은 특히 『검은 책』과 『순수 박물관』 등에 그대로 반영된다. 소설에 수없이 등장하는 미국 영화 제목들은 각국마다 다르게 번역되어 상영되기 때문에, 한국어로는 그 제목이 어떻게 번역되었는지를 찾는 것 역시 만만치 않은 작업이었으며, 영화배우들의 개성을 알아야만 번역할 수 있는 부분들이 많았다.

일례로, "더글러스 페어뱅크스 콧수염을 기른 키가 큰 이발사는 일주일에 다섯 번 집으로 와서 할아버지에게 면도를 해 주었다."(『검은 책 1』, 17쪽)라는 부분이 있다. 여기에서 우리는 더글러스 페어뱅크스가 무성영화 시대의 유명한 액션 배우이며, 그의 트레이드 마크가 된 코 밑 얇은 수염 모양을 모른다면 이발사의 모습을 상상할 수 없을 것이다.

또 다른 예로 "나는 발동기선을 타고 보스포루스 해협을 건너 유럽 쪽 연안으로 와서 곧장 에드워드G. 로빈슨이 출연한 영화 「주홍거리」가 의 상영되고 있는 베이올루의 엘함라 극장으로 향했다. 나는 앉자마자 넋을 놓고 빠져들었다. 장래 없는 회사원에다 재능 없는 아마추어 화가인 주인공은 사랑하는 여인을 감동시키기 위해 백만장자로 가장한다. 하지만 애인인 조앤 베넷은 바람을 피운다. 우리 관객들도 배반당한 듯 슬퍼하고, 비탄에 빠지고, 절망한 그를 지켜보았다."(『검은 책 1』 124~125쪽)라는 서술이 있다. 필자는 이를 「주홍의 거리」로 번역했지만, 원천 텍스트에는 「Penceredeki Kadın」 즉, 「창문 앞의 여자」로 되어 있다. 원 제목인 「Scarlet Street」과는 전혀 별개의 제목이지만, 파묵이 소설에 이 영화의 내용에 대해 서술한 부분을 참조하여, 에드워드 G. 로빈슨이 출연한 모든 영화 내용을 조사해 보았고, 이 내용의 영화가 우리나라에서는 「주홍의 거리」로 번역된 것을 발견하게 되었다.

같은 작품에서 갈립은 온갖 책자를 다 수집하는 친구 사임을 찾아가는 장면에 나온다. 사임은 어떤 책을 보여주며 갈립에게 아래와 같이 말한다.

"이 책은 영생을 원하는 모든 터키인이 존슨이 되고 보즈웰이 되고, 괴테가 되고 에커만이 되어야 한다는 것을 증명하고 있지."(『검은 책 1』, 115쪽)

이 문장에서 존슨, 보즈웰, 괴테, 에커만이 어떻게 연결되는 인물들인지 모른다면 번역한 후 이들이 어떤 연관성이 있는지 알 수 없다. 보즈웰은 영국의 전기 작가로, 타고난 기록벽과 세심한 관찰력을 바탕으로 『존슨의 생애(*The Life of Samuel Johnson*)』라는 전기 문학의 걸작을 남겼다. 『존슨의 생애』의 주인공인 새뮤얼 존슨은 영국의 시인이자 평론가이다. 그 역시 17세기 이후의 영국 시인 52명의 전기와 작품론을 정리해 『영국 시인의 생애(*Lives of the English Poets*)』(전10권)를 남겼다. 독일의 문필가인 에커만(Johann Peter Eckermann, 1792~1854)은 괴테가 사망하기 전 9년 동안 비서로 지냈으며, 그가 쓴 『괴테와의 대화』는 만년의 괴테의 풍모를 엿볼 수 있는 괴테 연구의 중요한 문헌이다.

이렇듯 오르한 파묵의 작품을 번역하기 위해서는(이는 다른 작가들의 작품 번역에도 해당된다) 위에서 언급했듯이 '훌륭한 연구자, 인문학자, 문화 전문가, 지역 전문가'가 되어야 한다. 좋은 번역은 그야말로 작품에 대한 이해 없이는 불가능한 작업이다. 모르는 부분을 대강 넘어갈 수 없으며, 소설 전반에 대한 이해나 지식 없이 번역할 수 없다. 여기에서 바로 번역자의 교양 혹은 학문의 깊이 정도가 드러나는 것이다.

작가와의 교감이 번역에 미치는 영향

번역자가 작가의 작품을 이해하는 데 있어 필수적인 사항은 작가의 성장 과정, 그가 성장한 나라의 역사적 흐름, 작가가 처한 시대적 상황, 다양한 작품들의 경향 그리고 사상적 배경들을 살펴보는 것이다. 또한 작가의 어떤 한 작품에 대하여 충실히 다가가기 위해서는 작품의 배경에 대한 이해와 작가의 의도를 살피는 것뿐만 아니라 작가가 실험하고 있는 스타일과 기법 그리고 그가 채택하고 있는 문학 사조에 대한 지식 또한 필요하다. 위에서 나열한 것들이 충족되었을 때 목표 언어에 더 정확하고, 심도 있는 번역이 이루어질 것으로 믿는다.

필자는 파묵의 작품을 번역할 때마다 이와 같은 것을 염두에 둘 뿐 아니라, 파묵이 그 작품을 쓸 때의 심경을 가늠해보고, 또한 이에 대해 묻는 것을 주저하지 않는다. 파묵 씨로부터 자주 그의 가족사에 대해 들었기 때문에 어떤 소설에 그의 가족사가 반영되어 있는지 알고 있다. 일례로 『내 이름은 빨강』에 나오는 셰큐레는 실제 오르한 파묵의 어머니 이름이며, 세브켓은 실제 그의 형 이름이다. 소설 속에서 전쟁터에 나가 돌아오지 않는 셰큐레의 남편은, 실제 자주 집을 비우고 나중에는 어머니와 이혼한 파묵의 아버지를 연상시킨다. 또한 노벨문학상 이후 처음으로 발표한 소설 『순수 박물관』은 오르한 파묵의 경험담이 상당 부분이며, 『검은 책』에 나오는 한 아파트에 모두 함께 사는 갈립의 가족은 파묵 가문의 역사와 거의 흡사하며, 사라진 여주인공 뤼야는 실제 파묵의 딸 이름이다.

필자는 파묵의 작품을 번역하면서 그 작품의 배경이 되는 지역과 장소를 가능한 탐사한다. 일례로 소설 『눈』을 번역하다 소설의 배경이 된 카르스(Kars)시를 보지 않고는 파묵이 소설에 묘사한 장면, 건물들, 신비로운 분위기를 파악할 수 없을 것 같은 마음이 들었다. 파묵 역시 소설을 집필할 때 카르스에서 장기간 머물렀다는 것을 들어서 알고 있었기 때문에, 필자 역시 그곳을 방문했을 때 파묵이 묵었던 호텔에 가고, 그가 만났던 사람들도 만나는 행운을 얻게 되었다.

과거 러시아인들이 살았던 고(古)도시 카르스에서 벌어지는 사흘간의 유혈의 쿠데타, 폭설, 한때 화려했다가 지금은 몰락한 국경 도시… 소설에서 묘사되는 대로 이 모든 것을 온전히 느끼기 위해서는 겨울에 가야만 했다. 필자 역시 주인공 카처럼 이스탄불에서 버스를 타고 가려고 했으나, 여건이 여의치 않아 비행기를 타고 갔다. 비행기에서 내려다보이는 눈 덮인 카르스 도시의 장관이란… 그곳에서 오르한 파묵이 집필하면서 머물렀던 호텔에 머물면서 소설에 묘사된 주인공 카의 궤적을 따라 카르스 여행을 했다. 이 여행을 감행하고서야 비로소 필자는 그 처절한 분위기를 상상할 수 있었고, 가능한 한 그 느낌을 소설에 반영하려고 최선을 다했다. 번역하면서 눈 덮인 카르스에서 찍어 온 사진들을 보며 한동안 이 작품의 매력에서 벗어나지 못했던 기억이 난다. 이러한 경험은 번역하는 동안 '작품의 배경에 대한 이해'를 높이는 데 지대한 영향을 준다.

노벨문학상 수상 이후 처음 출간된 소설『순수 박물관』(2008)을 번역할 때도 역시 마찬가지였다. 필자는 책이 출판되기 수년 전부터 오르한 파묵이 이 작품을 쓰는 과정과 소설과 동명의 박물관에 전시될 물건들을 모으는 과정을 목격했고, 그의 집필실에서 아직 공개되지 않은 물건들을 보고, 사진도 찍고 소설 속 오브제들의 생명을 호흡했다. 파묵이 세계 최초로 한국 독자들과 만나 완공에 가까운 상태에 이른 순수 박물관을 보여주고, 소설과 관련지어 설명도 해주는 영광을 누렸다. 이러한 과정들은 위에서 언급한 좋은 번역의 조건들 중 '번역 대상 텍스트를 집필한 작가와 같은 생각과 감정을 공유'한다는 점에서 중요하다고 할 수 있다.

또한 필자는 파묵이 이 소설을 집필할 때 그의 헤이벨리 섬에 있는 여름 집필실을 방문한 적이 있다. 수십 개 언어로 번역된 파묵의 책을 비롯하여 수많은 책이 가득한 전망 좋은 그의 집필실 창문에는 "퓌순[2]를 관찰해, 퓌순을 서술해!"라는 글귀가 커다랗게 붙어 있었다. 이후 겨울 집필실에 갔을 때 책상 옆 메모판에는 "순수의 순수를 잊지 마!", "항상 박물관의 물건들을 생각하며 써!", "귀걸이를 잊지 마, 귀걸이!", "자리에서 절대 일어나지 말고, 쉬지 말고 써, 자리에서, 책상에서 절대 일어나지 마!" 등등의 글귀가 무수하게 붙어 있었다. 이러한 메모들은 파묵의 처절한 집필 스타일을 엿볼 수 있는 것들이었다.

오르한 파묵의 작품을 번역하면서 느끼는 가장 큰 보람은, 작품이 출간되기 전에 누구보다도 먼저 읽어 보는 특권을 누리며, 처음 읽는 흥분과 순수한 감동을 체험하는 것이라 할 수 있다. 그리고 이러한 감동을 책이 출간되기 전에 파묵과 함께 나누는 것이라 할 수 있다.

사적인 메일이지만 '작가와의 교감'에 대해 언급하는 지면이기에 공개하고자 한다. 번역할 당시 『순수 박물관』을 읽고 느낀 감상은 번역과 이어지는 것이기 때문에 작품에 관한 나의 생각을 파묵 씨에게 전달했다.

필자가 2008년 7월 24일에 아직 출간되지 않았지만, 필자에게 보내 준

---

[2] 소설 『순수 박물관』의 여주인공 이름.

『순수 박물관』 원고에 대한 독후의 감정에 대해 파묵 씨에게 작품 속의 예를 들면서 찬사를 아끼지 않은 메일을 쓴 적이 있었고, 이에 대한 답장으로 파묵은 2008년 25일에 다음과 같은 메일을 보내 왔다.

"난아 씨, 정말 고맙습니다, 저는 지금 *파리*에 와 있습니다. 이곳에서 *새 작품 집필에 착수했습니다.* 난아 씨가 이번 소설을 마음에 들어 하니 저로서는 행복하기 그지없습니다. 왜냐하면 난아 씨는 하고 싶은 말을 허심탄회하게 말하는 사람이기 때문입니다. 만약 이번 제 작품을 좋아하지 않는다면 제 얼굴에 대고, '이 소설 마음에 들지 않아요!'라고 말할 사람이지요… 난아 씨가 이렇게 말하는 날은 제발 오지 않아야 할 텐데요. 오르한"

이러한 언급은 작가가 자신의 작품을 번역할 사람의 의견을 무척 염두에 두고 있다는 것이며, 이는 역자와 작가와의 교감에서 특히 작가와 번역가가 협력자라는 면에서 중요한 역할을 한다. 또한, 필자는 『순수 박물관』을 번역하면서 느끼고, 의문 나는 부분들에 대해 메일을 보낸 적이 있다. 2009년 8월 29일 자 메일에 『순수 박물관』에서 연인을 간절히 보고 싶어 하는 주인공 남자의 심정을 묘사한 "추쿠르주마 비탈길을 내려갔다. 위장에는 점심 때 먹은 음식, 목덜미에는 햇살, 머릿속에는 사랑, 영혼에는 조급함, 그리고 가슴에는 아픔이 있었다."[3] 라는 문장이 있는데, 필자는 파묵에

---

3   오르한 파묵, 이난아 역, 『순수 박물관 2』, 민음사, 2010, 21~22쪽.

게 이 문장이 속수무책으로 사랑에 빠진 사람의 정신 상태를 아주 잘 표현한 멋진 묘사라고 쓴 적이 있다.

이에 대해 파묵은 2009년 8월 30일에, "난아 씨, 나도 기억합니다 그 문장을, 나도 나중에 읽고 '아니, 내가 이 문장을 어떻게 썼지?'라고 놀랐답니다, *페테르부르크*에서, *오르한*."라고 답했다.

작가의 이러한 재치는 번역자가 작품 번역에 지쳐 있을 때 활력을 불어 넣어 주고, 더욱 더 매진할 수 있는 용기는 준다. 또한 2009년 9월 10일에 같은 작품의 제69장 "때로"가 소설에서 가장 압권이라는 의견을 쓴 적이 있었는데, 같은 날 예상 외의 답장이 왔다.

"난아 씨, 그 부분에 대해서 설명할게요. 2008년 4월에 나는 소설을 거의 다 집필한 때였답니다. 마지막 부분까지 모든 것을 다 쓴 상태였지요. 조교인 엠레 그리고 에디터인 바하르와 함께 소설을 다시 읽으며 오타 등 수정할 부분이 있나 검토하는 중이었지요. 게다가 출판인대회 기조발표 때문에 곧 한국에 가야 했으니 시간이 별로 없었지요. 어느 날 이들과 함께 대화를 나누는 도중, 그들에게 "때로"로 시작하는 챕터가 머릿속에 있는데 소설도 긴데, 이 부분까지 쓰면 너무 길어질 것 같아 쓸까 말까 고민하고 있다고 했더니, 이 두 사람이 하도 쓰세요, 쓰세요, 라고 종용하는 바람에 이틀에 걸쳐 아침마다 일어나 4~5시간 만에 썼답니다. 전혀 수정도 하지 않고. 저도 지금, 아니 내가 그걸 어떻게 해냈지, 하고 놀라고 있답니다. 하지만 이 문장 모두는 몇 년 동안 내가 항상 머릿속에 담고, 생각하고 있었던 것이랍니다. *뉴욕에*

서 오르한."

이러한 메일에서 번역자는 작가의 집필 방식, 집필 당시의 정신 상태 등을 알게 되며, 이는 작가뿐만 아니라, 작품을 이해하는 데 많은 도움이 된다. 작가와 직접 교감하게 되면, 위와 같은 사례들을 무수히 경험하게 된다. 이러한 경험들은 번역자가 작가와 작품들을 더 깊이 이해하고 번역할 당시 감정 이입을 하는 데 많은 도움을 줄 뿐 아니라, 목표 언어 독자들에게 이러한 교감이 고스란히 반영되는 긍정적인 효과를 거둘 수 있다.

파묵 작품 전체에서 공통적으로 논의되고 있는 담론은 다름 아닌 '다른 사람 되기'이다. 『하얀 성』에서 노예는 주인과 서로 자리바꿈을 하고, 『검은 책』에서 주인공 갈립은 선망의 대상이자 그토록 되고 싶었던 제랄이 되어 그의 행세를 하고 살아간다. 번역가도 어쩌면 번역할 때는 '작가가 되어' 작품을 재창조하는 사람일지도 모른다. 필자는 파묵의 작품들을 번역할 때마다 '한국인' 오르한 파묵이 된다.

Louise Elisabeth Glück

미국 출신의 작가. 2020년 노벨문학상을 수상하였다. 대표작으로 『야생 붓꽃』이 있으며, 시적 목소리를 통해 개인의 실존을 보편으로 확장하는 작품색이 특징이다.

옮기는 사람들 정은귀

한국외국어대학교 교수

노벨문학상이 확장한
시의 영토

루이즈 글릭

만나는 일

루이즈 글릭(Louise Glück, 1943. 4. 22.~2023. 10. 13.)은 2020년 노벨문학상 수상자다. 노벨문학상은 생존 작가에게만 부여하는 상, 시인은 77세에 노벨문학상을 탔다. 그리고 그로부터 3년 후 80세, 이 가을에 세상을 떠났다. 시인 루이즈 글릭에 대해 셀 수 없이 많은 글을 쓰면서, 그동안 시인의 이름에 탄생 연도만 기입했는데 올가을 그 옆에 하나의 연도를 덧붙이면서 마음이 참 이상했다. 시인이 이 세상에 없구나. 다른 별로 이주를 하신 거로구나. 그 여행은 어떤 길일까?

이 글의 제목을 '노벨문학상이 확장한 시의 영토'로 정해두고서 제법 긴 시간이 흘렀다. 루이즈 글릭이 노벨문학상을 탈 것이라 예측하는 이는 많지 않았고 더욱이 글릭 수상 4년 전인 2016년에는 미국의 가수 밥 딜런(Bob Dylan)이 상을 탔기에 그해 2020년 가을엔 미국의 여성 시인 루이즈 글릭의 수상은 아무도 예측 못 한 일이었다. 그리고 나 또한 글릭의 시를 번역하리라곤 상상하지 못했다.

글릭의 노벨문학상 수상도, 글릭 시의 번역자가 되리란 예상도 못하고, 다만 글릭의 시들을 탐독하던 시절이 있었다. 2020년 1월 초, 미국으로 연구년을 떠났다. 풀브라이트재단의 초대로 버클리대학에 머물던 중에, 갑자기 자가격리령이 떨어졌다. 전 세계를 뒤흔든 코로나19. 그때 루이즈 글릭의 시를 많이 읽었다.

지금도 기억이 난다. 봄꽃이 피어나던 겨울, 버클리에 도착해 도서관 카드를 만들자마자, 도서관에 달려갔다. 인문학책은 지하에 있었다. 많은 책을 보관하려고 서가를 아예 겹겹이 붙여 놓았다. 필요한 책이 있으면 번호를 기억하여 서가 위치를 찾아서 묵직한 서가를 온 힘을 다해 밀었다. 도서관 카드를 만든 첫날에 그 지하 도서관에서 몇몇 여성 시인들의 시집을 빌려왔는데, 그중에 루이즈 글릭의 시집이 있었다. 『신실하고 고결한 밤(*Faithful and Virtuous Night*)』(2014)이었다. 시인이 말년에 쓴, 시인 자신이 유난히 좋아했던 시집이다. 내가 머물던 조그만 집은 지붕에 통창이 나 있었는데, 그 통창으로 저녁이면 옆집 여자의 전화 소리가 들리곤 했다. 코로나 팬데믹으로 다들 고적하게 보내던 날들에 그렇게 글릭의 시를 많이 읽었다.

노벨문학상이라는 선물

그해 봄과 여름 지나면서 나는 한국에 다시 돌아왔다. 그리고 가을에 글릭이 노벨문학상을 탔다. 예상치 못한 일이었으나 너무너무 기뻤다. 학교 교실에서 몇 안 되는 학생들과 함께 읽던 글릭의 시를 더 많은 독자들이 찾아 읽을 수 있겠구나 싶었다. 글릭이 노벨문학상 수상자로 발표된 당시 국내엔 글릭의 시가 두세 편 소개되어 있었다. 글릭의 시 한 편을 끼워 넣은 책들이 노벨문학상 수상 작가의 작품이라는 마크가 붙으면서 빠르게 팔려나갔지만, 글릭은 한국에는 거의 알려지지 않은 작가였다. 저마다 당황해했던 기억이 난다.

2020년 기준으로 글릭은 역대 노벨문학상 수상자 117명 중 16번째 여성이었다. 미국 출신 작가로는 10번째, 2016년 밥 딜런 이후 4년 만에 다시 시인에게로 상이 돌아갔다. 2016년엔 가수에게도 노벨문학상을 주느냐는 논란이 많았는데, 나는 밥 딜런의 수상 소식도 환영했다. 노벨문학상이라서가 아니라 딜런이라서. 노래를 시로 만들어 온 그 세월이 인정받아 온 것 같아서 나는 스웨덴 한림원의 결정에 박수를 쳤다. 교실에서 비트 세대의 시를 가르칠 때 밥 딜런의 노래 가사에 담긴 정신을 함께 나누기도 했으니까.

그 가을 계간지 『문학동네』의 요청으로 특집 글을 하나 썼다. 「어디로 가고 있나요. 어디에 있었나요. 밥. ―'시인 아닌 시인'을 위한 변론」을 쓴 후에, "정 선생은 밥 딜런을 시인이라고 보는 모양이요?"라고 물어오시던 어느 교수님과 진지하게 '시가 무엇인지' 이야기를 나누던 저녁도 기억난다. 나는 노래가 곧 시의 원형이지 않냐고 되물었고, 그분은 19세기 세상을 일찍 떠난 시인들의 이야기를 했는데, 노벨문학상이 1901년에 만들어진 이상, 19세기의 위대한 시인들을 호출하는 일은 큰 소용이 없었다. 나는 오히려, 노벨문학상을 둘러싸고 왜 유독 시인들에게 날카로운 잣대가 겨누어지는지 모르겠다는 생각을 했던 듯도 하다.

2020년, 별로 알려지지 않은 여성 시인의 수상이 꽤 충격이었을 때도, 이 시인보다는 어느 시인이 더 낫다는 상대적인 재평가가 있었다. 나는 그런 상대적인 평가는 유의미하긴 하지만 큰 의미가 없다고 본다. 대개 어떤 권위가 여성 시인이나 잘 알려지지 않은 작가에게 떨어질 때 그런 평가는 더 박하게 작용하는 경향이 있다. 그럴 때 나는 이렇게 대답하곤 한다. 시인은 시를 쓸 뿐이지, 노벨문학상을 타기 위해 시를 쓰는 작가는 없지 않나요? 글쎄 있을지도 모르겠다, 다만 그런 경우엔 노벨문학상이 그를 비켜 갈 거라는 것. 상은 늘 어떤 '이후에' 오는 것이고, 우리는 그 이전에 드리웠을 작가의 고단한 글쓰기의 노동과 그를 끌고 온 삶의 여러 바람들을 알지 못한다. 독자의 역할은, 그 고단한 길 끝의 어떤 기쁨을 축하하고 즐기면 되는 것 아닌가. 2020년 그 가을에, 노벨문학상 시즌이 다가오면 늘 인기를 끄는 온라인 베팅 사이트에서 수상 가능성이 높은 후보군이 아니어서 관심에서 멀리 있던 루이즈 글릭이 상을 탔을 때도 '대체 누구인가, 이 사람은?', '이 사람은 받을 만한 사람인가'라는 질문이 많았는데, 나는 '네, 그럼요.'라고 했을 뿐이다.

마음속으로는 '왜 안 되나요?'를 반문하던 그때 내 솔직한 느낌은 아찔한 전율이었다. '이제야, 비로소……'라는 느낌. 한국에는 거의 소개되지 않았지만, 글릭은 미국에선 제법 잘 알려진 시인이다. 퓰리처상을 비롯하여 시인들이 탈 수 있는 큰 상을 많이 탔고, 이미 12권의 시집을 꾸준히 내온 터였다. 국내에서 시인으로서 탈 수 있는 상은 거의 다 탄 시인, 줄곧 '서정시'라는 그 형식을 고수해 온 시인. 글릭 자신은 떠들썩한 걸 싫어하고 고요히 지내는 편이었지만, 변화와 실험이 많은 미국의 시단에서 평생을 서정시의 목소리를 두고 실험해 온 이 시인은 미국 시단에선 이미 하나의 굳건한 영토였다. 다만 우리만 까맣게 모를 뿐. 노벨문학상과 번역이 아니고선 도착하지 않는 미지의 영토로 그렇게 남아 있을 뻔했는데, 글릭은 노벨문학상이라는 큰 배를 타고 비로소 우리에게 도착했던 것이다.

시인이 되는 일

스웨덴 한림원은 코로나19 팬데믹 상황 속에서 시가 주는 치유의 힘을 높이 평가했다고 발표했는데, 글릭은 평생을 시를 쓰면서 시라는 작은 종이배를 타고 이 신산한 생애를 견뎌온 시인이다. 그 점에서 어쩌면 시를 통한 치유는 다른 어떤 이보다 어떤 독자보다 시인 자신이 이미 받은 것이었는지 모른다.

1943년 뉴욕의 헝가리계 유대인 가정에서 태어나 롱아일랜드에서 성장한 글릭은 고등학교 때 거식증을 앓기 시작했다. 병이 너무 깊어서 장장 7년의 시간, 남들은 고등학교와 대학교를 다닐 그 긴 시간을 거식증과의 싸움으로 지난다. 그 괴로웠을 시간은 시인은 나중에 가장 찬란한 시간이었다고 회상하는데, 자기 자신을 대면하고 자신과의 싸움을 정직하게 지나온 사람만이 할 수 있는 말일 것이다.

콜롬비아 대학 등 대학을 몇 군데 다녔지만 학위 과정은 아니었고, 다만 글쓰기 수업에서 글릭의 시를 눈여겨본 교수님의 권유로 시를 썼다. 그렇게 쓴 시들을 모은 첫 시집 『맏이(*Firstborn*)』(1968)를 스물여덟 번의 거절을 이기고 끝내 스물아홉 번째 두드린 문으로 힘들게 출판하게 된다. 그 의지는 아무리 생각해도 놀랍다. 나라면 어떻게 했을까? 아마 서너 번의 도전 후에는 포기하지 않았을까? 그래서 나는 지금도 우리 학생들에게 글릭의 사례를 자주 이야기해 주곤 한다. 시를 쓰고 싶다는 열망이 있으면 계속 문을 두드리라고. 시 아니어도 무언가를 하고 싶다면 문을 일단 두드리라고. 열렬히, 세게, 굳은 철문을 뚫을 만큼.

첫 시집은 그리 성공적이진 않았다. 로버트 하스(Robert Hass)가 좋은 평가를 내리긴 했지만 많은 비평가들은 글릭의 시를 고백시의 아류라고 보았다. 하지만 나는 그 첫 시집의 거칠거칠한 목소리 속에 스며 있는 작가의 젊은 날의 고뇌의 풍경을 좋아한다. 아이를 낳고 기르는 일, 낙태, 사랑의 배반, 젊음의 길이 절절한 울림이 있다.

첫 시집 출판 후엔 시가 잘 안 써지는 슬럼프를 제법 오래 겪는데, 글릭은 이 시기를 시 쓰기를 가르치면서 극복한다. 시인은 시인-되기를 꿈꾸면서 시를 가르치는 일은 하지 않기로 결심했다고 하는데, 주변의 권유로 시작한 시 글쓰기 교실은 오랫동안 글릭의 삶을 지탱하는 큰 힘이 되었다. 1975년 출간된 두 번째 시집 『습지 위의 집(The House on Marshland)』은 비평가들에게 자신만의 개성 있는 목소리를 얻었다는 평가를 받는다. 첫 시집보다는 한결 밝아진 분위기지만 "고통으로 만들어지는 무언가가 늘 있다"(「사랑 시("Love Poem")」)면서, 한창 젊은 나이지만 더 이상 젊지 않음을 자각하는 시인의 어조엔 시의 질료는 진정 고통인가, 라는 생각을 하게 한다. "나는 더 이상 젊지 않다. 그게 / 뭐 어때서? 여름이 다가오고, 또 길고 긴 / 가을의 썩어 가는 날들이 온다. 그때 나는 / 내 중년의 위대한 시를 시작할 거다"(「가을에게("To Autumn")」)와 같은 리듬은 단단하게 채비를 갖추고 죽음이 뒤엉킨 전장에 나가는 젊은 용사를 보게 한다.

1980년에 출간된 세 번째 시집 『내려오는 모습(*Descending Figure*)』은 상처 입은 존재들의 상실과 박탈을 실감 나게 그린다는 점에서 좋은 평가를 받았다. 앞선 시집의 다짐처럼 글릭의 위대한 시들이 시작되고 있었던 것이다. 1985년 출간된 『아킬레우스의 승리(*The Triumph of Achilles*)』는 시인으로서 글릭의 자리를 군건하게 해 준 시집이다. 이 시집으로 글릭은 전미비평가협회상을 받았고 특히 여성 주체로서의 자각을 명료하게 드러난 시들, 특히 「가짜 오렌지 나무("Mock Orange")」 같은 시들은 후에 미국시 선집에도 수록되어 대학 교실에서도 읽히게 된다.[1]

글릭의 삶에는 크고 작은 상실의 기억들이 있다. 1980년에는 불이 나서 살고 있는 집이 전소되는 충격적인 일도 겪었고, 1985년엔 아버지가 세상을 떠난다. 글릭은 엄마보다 아버지의 성정을 꼭 빼닮은 딸이었다. 아버지의 투병과 죽음을 지켜보던 그 길은 쉽지 않았다. 아버지를 잃은 딸은 이 상실의 경험을 시로 엮어 1990년 『아라라트 산(*Ararat*)』을 출간한다. 이 시집의 마지막 시 「최초의 기억("First Memory")」은 아버지를 오래, 외로이 바라보는 아픈 딸의 이야기다.

---

[1] 나중에 1995년 글릭은 이 네 권의 초기 시집들을 엮어서 『첫 네 권의 시집들(*The First Four Books of Poems*)』을 출간했다.

오래전, 나는 상처를 입었다. 나는

살았다 복수하려고

아버지에게, 그 시절의

아버지 때문이 아니라—

그 시절의 나 때문에: 까마득한 옛날부터,

어린 시절, 나는,

고통이란 내가 사랑받지

못했다는 뜻이라 생각했다.

그건 내가 사랑했다는 뜻이었다.[2]

　아버지에게 사랑받기 위해 안간힘을 쓴 자신의 어린 날을 아프게 회상하는 이 시는, 사랑하는 사람이 이 세상을 떠난 다음에 비로소 알게 되는 뼈아픈 사랑 노래다. 사랑은, 사랑도 아픔도 모두 사랑하는 사람의 몫이다. 우리는 때로 사랑받지 못해서 아프다고 생각하지만, 사실은 사랑하기 때문에 아프다. 글릭의 부모님은 글릭보다 앞서 낳은 첫딸을 잃었다. 둘째였지만 첫째가 된 글릭은 자신이 태어나기도 전에 죽은 언니의 그림자와 내내 사랑을 두고 싸우는 꼴이 된다. 그러나 아버지를 떠나보낸 후에 비로소 글릭은 깨닫는다. 그 모든 아픔과 상처는 지독하게 사랑했다는 증거라고. 사랑하기 때문에 아픔이 있다는 것을.

2　　Louise Glück, *Poems 1962-2012* (HarperCollins: New York, 2012) 242.

『아라라트 산』이 이후 1992년, 글릭은 『야생 붓꽃(*The Wild Iris*)』을 펴낸다. 이 시집으로 글릭은 윌리엄 칼로스 윌리엄스 상과 퓰리처상을 수상하게 되었고, 미국에서 시인으로서의 명성을 확고히 굳히게 된다. 이 시집은 꽃들의 목소리 가득한 어떤 아우성이다. 정원에서 꽃을 키우는 정원사와 자연물의 대화로 가득한 시들에다 창조주 하느님의 목소리까지 포함하여 목소리의 다성성을 실감나게 전하는 재미있는 시집이다. 서정시의 실험성을 세련되게 보여 주는 이 시집은 글릭의 대표 시집이 되었고 미국의 대학에서도 많이 읽힌다. 나도 학부 수업에서나 대학원 수업에서 이 시집을 자주 가르치곤 한다. 이 시집을 번역한 후에 은사님을 만나 시집을 드렸더니 "유학 시절에 힘들 때 많이 읽어서 이 시집을 꼭 번역하고 싶었다"시며, "그걸 정 선생이 했네"라며 반가워하셨다. 우리 선생님의 우아한 문체로 번역하셨다면 더 좋았겠지만 뒤늦게라도 이렇게 번역할 수 있어서 참 좋았다.

1994년에는 글릭은 산문집 『증거와 이론들: 시에 관한 산문들(*Proofs & Theories: Essays on Poetry*)』을 냈고 이 산문집으로 펜(PEN) 협회에서 주는 상을 수상했다. 1996년에는 시집 『목초지(*Meadowlands*)』를 통해 한때 사랑했던 관계가 소원해지는 양상, 우리가 살면서 어쩔 수 없이 직면해야 하는 그 여실한 관계의 여러 모습들에 대해 이야기시의 형식으로 조곤조곤 들려준다. 뒤이어 1999년에 『새로운 생(*Vita Nova*)』을, 2001년에 『일곱 시절(*The Seven Ages*)』를 펴낸 걸 보면, 글릭의 시 쓰기는 어쩌면 매일 매일의 생활처럼 꾸준히 지속적으로 계속되었다 싶다. 실제로 글릭은 늘 시를 쓴다고 말을 했으니까. 2006년에 글릭은 시집 『아베르노(*Averno*)』를 출간한다. 앞서 『새로

운 생』으로 2000년에 수상했던 영어권 연합 대사들이 선정하는 상을 다시
『아베르노』로 2007년에 수상한다.

『아베르노』는 비평가들이 특히 좋아한 시집이고, 뉴잉글랜드 펜 협회
상을 안겨 주기도 했다. 2020년 노벨문학상을 정할 때 스웨덴 한림원에서
주목한 시집이기도 하다. 글릭은 이어서 2009년에 『마을의 삶(*A Village Life*)』
을, 2012년에는 그간의 시들을 모두 모은 두꺼운 시집 『시들: 1962년에서
2012년까지(*Poems: 1962-2012*)』를 냈고, 이 시집으로 로스앤젤레스 타임스
북 어워드를 수상했다. 뒤이어 2014년에는 『신실하고 고결한 밤(*Faithful and
Virtuous Night*)』을 출간했으며 전미 도서상을 받는다. 2017년에는 두 번째
산문집, 『미국의 독창성(*American Originality*)』을 냈으며 시집 출간은 잠시 뜸
한 중에 2020년 영광스러운 노벨문학상을 수상하게 된다. 2021년에는 7
년 만에 15편의 제법 긴 시들을 묶은 『협동농장의 겨울 요리법(*Winter Recipes
from the Collective*)』을 냈다.

쉽지만 어려운, 들리는 목소리

살아남기 위해서 당신 찬사는
필요 없습니다. 당신이 여기 있기 전부터
내가 여기 먼저 있었으니, 당신이
정원을 만들기 전부터 말이지요.
또 나는 태양과 달만 남게 되더라도 여기에 있을

겁니다, 바다, 그리고 이 드넓은 들판만 있어도.

내가 그 들판을 만들 것입니다.[3]

시집 『야생 붓꽃』에 실린 「개기장풀("Witchgrass")」의 마지막 부분이다. 제목을 풀어서 쓰면 '마녀의 풀'이다. 정원사에게 드잡이하듯 말하는 잡초의 이 호기로운 목소리는 고운 꽃들 사이에서 늘 뿌리 뽑히던 존재의 아우성이다. 실상 두 권의 시 모음집을 제외하고 개별 작품으로만 13권의 시집을 내는 동안 글릭은 일관되게 이 세계에서 인간이라는 몸으로 태어나는 수많은 존재들의 아우성을 전해 왔다. 몸을 빌려 태어나는 존재가 겪는 상실과 슬픔, 연인이나 부모 등 관계 안에서 직면하는 갈등과 고민들, 피할 수 없는 관계의 모순들을 이야기한다.

시집을 낸 이력을 보면, 시인은 놀랍도록 고르게, 꾸준히 시를 써왔음을 알 수 있다. 그렇다고 시를 만드는 과정 자체가 평탄했다는 뜻은 아니다. 글릭은 시를 쓸 때는 잠을 거의 자지 못하고 자다 깨다를 반복하면서 시를 쓴다고, 이미 쓴 시에 대해서도 만족보다는 결핍을 더 많이 느끼는 편이라고 고백한 바 있다.[4] 어린 날부터 윌리엄 블레이크(William Blake) 등의 시를 즐겨 읽고 낭송하던, 어리지만 똑똑한 시의 독자였던 시인은 시를 노

3 Louise Glück, *The Wild Iris* (HarperCollins: New York, 1992) 23.

4 Joanne Feit Diehl, "An Interview with Louise Glück," *On Louise Glück: Change What You See*, ed. Joanne Feit Diehl (The University of Michigan Press: Ann Arbor, 2005) 184.

래처럼 외우곤 했는데, 시가 만드는 음색과 박자를 들으면 어떤 전율을 느꼈다고 고백하기도 한다.

글릭은 어린 날부터 신화를 무척 좋아했는데 그 이유가 재밌다. 자신이 강박적으로 경쟁에 익숙한 성격이었기에 신화에서 그리고 있는 수많은 싸움과 경쟁이 참 재밌고도 자연스러웠다고 하니 말이다. 그 어린 날, 기억 속 아스라하게 자리한 그 대회, 세계에서 가장 위대한 시를 뽑는 대회에서 이긴 사람은 결국 블레이크였다고 한다. 알기 쉬운 단어를 재치 있게 엮어서 세계의 비참과 슬픔, 그 속에서 또 반짝 빛나는 어떤 순수에의 갈망을 노래한 블레이크의 시 세계는 글릭에게 어떤 전범으로 여겨졌음에 틀림없다.

그래 그런지 글릭의 시에서는 어려운 단어가 없지만 어렵고, 혼자 하는 말 같지만 듣는 이의 역할이 중요하다. 글릭 스스로 노벨문학상 수상 연설에서 "어떤 시인도 혼잣말만 하지는 않는다"고 하는데, 이런 자각은 모두 블레이크가 『순수와 경험의 노래들(Songs of Innocence and Experience)』에서 다듬은 대화시처럼 청자의 위치를 예민하게 감지하게 독자를 이끈다. 순수하고 천진하지만 동시에 예리한 비수를 숨겨둔 이야기시들은 시가 본질적으로 어떤 메시지를 전하는 일과 다르지 않음을 말해주니 말이다. 이쯤 되면, 전통적인 서정시의 방식이라 생각하는 서정 주체의 이야기가 어떤 청자를 만들고 있는지, 혹은 만들기를 지향하는지 시의 비밀스런 윤리가 바로 그 듣는 힘에 있는 것이 아닐까 생각하게 한다.

글릭은 노벨문학상 수상 연설에서, 자신이 끌리는 시는 이런 식으로 말하고 듣는 관계 안에서 은밀하게 공모자 혹은 수신자로서 기여하는 시라고 말한다.[5] 시인이 그 자리에서 읊은 시는 바로 에밀리 디킨슨(Emily Dickinson)의 시다. "나는 아무것도 아닌 사람, 당신은 누군가요? / 당신도 아무것도 아닌 사람인가요?"라는 구절의 은밀한 대화. 글릭은 어쩌면 평생 동안 어디에 있는지 알 수 없는 보이지 않는 청자를 향하여 이런 대화를 전하고 있었던 게 아닌가 싶은 생각이 든다. 그리고 결국, 그러한 대화가 노벨 문학상이라는 형식을 통해 전 세계에 타전된 것이다. 코로나 팬데믹으로 각자 고립된 상태로 갇혀 있던 사람들에게 시인은 그렇게 은밀하게 말을 전하는 것이다. 그 말을 주고받는 것이 유일하게 이 세계에서 우리의 존재를 증명하는 방식인 것처럼. 아무것도 아닌 우리들의 유일한 신호. 시.

노벨문학상 수상 소식을 들은 2020년 10월 8일 아침, 시인은 어떤 공포를 느꼈다고 고백한다. 너무 밝은 빛, 너무 방대한 규모. 시인이 끝까지 버티는 것은, 노벨문학상이라는 큰 상을 받고도 자신의 위치를 어떤 공적인 메시지를 전하는 사람으로 끌어올리지 않고 끝까지 친밀하고 사적인 목소리를 전하는 자로서 남고자 한 것이었다. 나는 이 점이 루이즈 글릭이 시인으로서 우리에게 보여준 가장 큰 순수였고, 그가 처음부터 끝까지 시인으로 남고자 한 빛이었다고 생각한다. 밝기보다는 조금은 희미하나 올곧게 꺼지지 않는 빛.

5　Louise Glück, "Nobel Lecture" https://www.nobelprize.org/prizes/literature/2020/gluck/lecture/

노벨문학상이 이어준 어떤 선

그런 글릭이 노벨문학상을 받은 후에 한국에서는 갑자기 큰 바람이 불었다. 글릭의 시를 번역하겠다고 수많은 출판사에서 나선 것이다. 고마운 일이긴 했지만 참 놀라웠다. 시는, 고전이든 동시대 시든 독자들이 크게 관심을 기울이는 분야가 아니기 때문이다. "시의 좁은 자리, 그게 바로 시의 은총이자 시의 곤경"이라고 말씀하신 분은 나의 박사 지도 교수님 찰스 번스틴(Charles Bernstein)이었다. 이런 현상은 우리나라에만 국한된 현상은 아니어서, 다른 나라에선 글릭의 시 번역을 둘러싸고 크고 작은 분쟁이 벌어지기도 했다.

시를 전문적으로 번역하는 번역가로서 나도 많은 출판사로부터 번역 가능성을 타진 받았다. 번역이든 무엇이든 나는 시절의 인연이 작용하는 일이라 생각하는 편인데, 결국 글릭 시집의 전권 번역 판권을 따낸 시공사에서 글릭의 시집을 번역하게 되었다. 아마 나를 역자로 택한 것은 원시의 리듬에 최대한 오래 머물러 집중하는 그 고민을 높이 산 것이 아닐까 싶다. 시를 윤문하듯이 듣기 좋게 번역하기는 쉽지만, 원시의 리듬과 의미를 최대한 잘 살려서 옮기는 일은 여간 어려운 일이 아니다. 나의 번역이 최고는 아니겠지만, 더 좋은 번역이 계속 태어날 수 있겠지만, 번역은 시간성 안의 일이라, 나는 내 주어진 시간 속에서 밤낮으로 골똘히 고민했고, 의도적으로 에둘러 갔으며, 힘겹게 씨름했고 또 즐거이 노닐었다.

그래서 2020년 글릭의 노벨문학상 수상 이후 정확히 3년이 흐른 올가을에 전권 13권에 대한 번역이 끝났다. 이 겨울에 시집 출간이 마무리될 예정이다. 그리고 마지막 시집의 번역 후기를 쓰는 때 글릭이 세상을 떠났다. 나의 어느 한 부분이 떨어져 나가는 느낌이었다. 마지막까지 글릭은 한국에서 출간될 시집의 표지 색깔을 고르고 있었다.

가끔 생각한다. 노벨문학상이 아니었으면 우리는 한 시인이 전하는 그 친밀하면서도 고요하면서도 힘 있는 목소리를 듣는 기회를 영영 잃어버렸을지 모른다고. 아찔하다고. 많은 독자들은 이런 시인이 이 별에서 살다 간 것조차 몰랐을 것이고, 나 또한 그저 대학 강의실에서 시를 그다지 좋아하지 않는 학생들에게 이렇게 좋은 시가 있다며 힘주어 가르치는 선에서 그치고 말았겠지. 번역이라는 새 옷을 입지 않는 한 시가 다른 세계, 다른 언어권의 일반 독자에게 가닿을 리도 만무하니까 말이다.

그 점에서 나는 노벨문학상이 고맙다. 노벨문학상은 분명 어떤 면에서는 문학의 영토를 확장해 준다. 노벨문학상이 문학의 위대함을 결정하는 단 하나의 잣대는 분명히 아니지만, 전 세계적으로 미치는 파급효과는 결코 부인할 수도, 애써 축소할 필요도 없다. 노벨문학상이 확장해 준 시의 영토 안에서 우리는 글릭의 서정적 목소리가 어떤 힘으로, 어떤 방식으로 서정의 전통과 실험을 다채롭게 짜고 있는지 볼 수 있게 되었다. 역자로서 그 점을 최대한 섬세하게 잘 보여줄 수 있다면 더할 나위 없는 기쁨일 것이다.

글릭이 시집에서 그려낸 그 수많은 목소리들, 사람들, 그가 현대적으로 변주해 낸 무수한 신화적 인물들, 그 자리는 지금-여기 이 세계를 살아가는 우리 자신과 절묘하게 닮아 있다. 우리가 깃들어 사는 이 세계의 눈물과 아픔과 고통과 인내와 닿아 있다. 글릭은 내내 도닥도닥 속삭인다. 잘 아프고 잘 새기고 잘 인내하고 잘 견디라고. 그 목소리는 결국, 시는 이 세계 수많은 "아무것도 아닌 존재"들의 눈물이며 아우성이라는 것을 말해준다. 그 점에서 나는 노벨문학상을 통해 비로소 우리에게 건너온 루이즈 글릭의 신비가 고맙다.

그간 노벨문학상은 시에 많은 자리를 허락하지 않았다. 시인들 중에도 백인-남성 시인이 많았다. 글릭에 바로 앞서 상을 탄 여성 시인은 1996년 폴란드 시인 비스와바 쉼보르스카(Wisława Szymborska, 1923~2012)인데, 쉼보르스카 또한 평이한 언어가 자아내는 독특한 리듬을 인상적으로 내세워 불모의 세계를 아름답게 살아 나갈 어떤 인내와 사랑을 전한다.

노벨문학상이 작가의 위대함을 규정짓는 것은 아니지만 그 상이 가진 권위를 생각하면 그 의미는 결코 작다고 할 수 없다. 여성 시인에게 쉽게 문을 열어주지 않던 노벨문학상이 글릭에게 전해지던 2020년 가을, 보스턴의 새벽 아침에 글릭은 수상 소식 전화를 받고 나서 몇 마디 이야기도 나누지 않고 아침 첫 커피를 마시러 가야 한다며 서둘러 전화를 끊었다. 그 상을 수상하는 자리에서 한 연설에서도 "나는 아무것도 아닌 사람, 당신은 누군가요?"를 읊었다. 상이 주는 권위를 미리 깔고 앉아 환호할 준비를 하는 작가도 있는데, 자신에게 당도한 그 번쩍이는 빛에 취하지 않고 자기 본래의 자리로 돌아가 시를 쓰겠다는 시인의 변함없는 마음이 참 귀하고 미더웠다.

그런 글릭이 저 다른 세계로 건너간 이 가을, 나 또한 이 세계의 불모와 불화를 글릭의 시 구절을 한국어로 옮기며 간신히 절망하지 않고 살아가고 있다. 노벨문학상과 번역 이야기를 하는 것도, 노벨문학상이라는 어떤 유행 아이콘을 내세우자는 것이 아니라, 노벨문학상이 우리에게 다가오는 여러 통로 중 가장 중요한 통로를 잘 들여다보자는 초대다.

자문해 본다. 노벨문학상이 아니었다면 루이즈 글릭이라는 큰 시인이 전하는 그 친밀하고 다감하면서도 깊고 신비로운 목소리가 우리에게 왔을까? 아마 우리는 루이즈 글릭을, 그의 시를, 절대로 만나지 못했을 것이다. 이 세계에는 어떤 상의 권위에 기대지 않은 좋은 시들이 너무 많으며, 노벨문학상이 아니더라도 우리는 그 시들을 읽어야 한다. 이게 시를 대하는 기본값이지만, 다른 언어권, 다른 세계의 시를 다 찾아서 읽지 못하는 대다수의 독자들에게 번역은 시를 가까이 끌어당기는 유일무이한 통로. 기만과 폭력과 억압의 시절을 지나며 나는 다시 시가 전하는 그 목소리에 귀를 기울인다. 실과 실을 이어 소리가 전해지는 통로를 만드는 것처럼 나는 오늘도 다른 언어를 이어 이 낯선 시의 세계가 조금이라도 더 잘 들리도록 애를 쓴다. 글릭과 한국의 독자들을 만나게 해 준 새벽 4시의 번역은 그렇게 시작되었고, 이후에도 계속될 것이다.

Jon Fosse

노르웨이 출신의 작가. 2023년 노벨문학상을 수상하였다. 대표작으로 『가을날의 꿈』이 있으며, 인생, 사랑과 죽음 같은 우리 삶의 보편적인 모습을 글에 녹여내는 작가로 사랑받는다.

옮기는 사람들 정민영

한국외국어대학교 교수

희곡의 회복을 보다

욘 포세

깊은 짝사랑에 빠질 수 있는 작품을 만난다는 것은 번역가에게 매우 큰 행운이다. 짝사랑의 정도가 한껏 오를 때쯤, 번역가는 자신의 언어로 그 작품을 온전히 품고 싶어진다. 그렇게 사랑한 작품은 여럿이지만, 20여 년 전 만난 욘 포세(Jon Fosse)의 희곡은 내게 각별했다. 그가 쓰는 뉘노르스크, 신노르웨이어를 알지 못하니 독일어로 만날 수밖에 없었는데 독일어 번역의 울림이 이리 크다면 원어 자체는 얼마나 아름다울지, 그 언어의 숨결을 직접 만져볼 수 없는 안타까움이 사랑을 더 키웠는지도 모른다.

2002년, 연출가 송선호의 주도로 손정우, 이병훈, 박정희 연출가, 연극평론가 이선형 등과 "희곡낭독공연회"를 결성하여 하이너 뮐러를 시작으로, 우리 연극계에 자극이 될 새로운 외국 희곡을 발굴하고 희곡 텍스트 자체를 온전히 소개하려는 노력을 10여 년간 한 일이 있다. 베스야쿠 미노루, 베르나르-마리 콜테스까지 세 번의 공연을 마치고, 우리는 2004년 제4회 낭독공연으로 "동시대 유럽희곡"을 기획했다. 이때 주목했던 작가 중 하나가 욘 포세이다. 욘 포세는 이미 2002년에 독일의 권위 있는 연극전문지 〈테아터 호이테(오늘의 연극)〉가 연극평론가들의 평가를 통해 선정한 "올해의 외국인 극작가"로서 유럽 무대에서는 특별한 관심의 대상이었다. 그렇게 처음 읽게 된 희곡이 『이름』이다.

흥미로웠다. 집을 나갔던 처녀가 만삭의 몸으로 집에 돌아와 있다. 배속 아이의 아빠인 청년이 그 집을 찾아온다. 그것도 며칠 묵을 생각인지 큰 트렁크를 들고. 희곡의 사건은 이것뿐이다. 일상이라면 가출한 딸이 만삭으로 돌아오고 더구나 딸을 임신시킨 남자가 트렁크를 들고 뒤따라 찾아온다는 건 기막힌 노릇일 엄청난 사건일 테지만 이 집에선 아무 일도 일어나지 않는다. 아버지는 늘 계속되는 일상의 피곤함에, 어머니는 다리 통증에 시달리며 각자 자신만의 공간에 머물 뿐 딸과 딸의 남자친구에겐 관심이 없다. 타인의 공간에 침입한 듯 들어온 청년은 편안하게 책을 읽는다. 이 기이한 풍경이 놀랍게도 사람과 사람의 관계, 자신의 의지로 결정되지 않는 삶과 같은, 너무도 평범하여 평범하지 않은 우리 삶의 한편을 천천히 드러내는 독특한 장치로 기능한다. 여기에 아무 의미도 없는 듯한 일상의 대화는 수많은 "사이"의 여백 안에 삶에 대한 사유를 담는다.

처녀와 청년은 곧 태어날 아기의 이름을 짓지 못한다. 무의미한 듯 흘러가는 대화 도중 청년의 말은 문득 끼어드는 포세의 말로 읽힌다.

생각해 봤어
아기들이 태어나기 전
모두 함께 모이는

아기들이 자기 영혼 속에 존재하는

그런 곳이 있지

아기들은 자기들대로

일종의 천사의 언어로

서로 얘기해

(…)

아기들은 자기들 스스로 결정하지 못하는 게

얼마나 나쁜지 자신에게 묻는 거야

아기들이 어디로 갈지, 다른 곳으로 결정되는 거지

아기들이 차례로 하나씩 결정되는 거야

누군가에 의해 결정되는 삶이란 얼마나 잔혹한가. 그렇기에 아기의 의지와 상관없이 처녀와 청년은 절대 "이름"을 지어줄 수는 없는 일이다. 예로 든 작품의 일부이지만, 이 같은 극적 치밀함과 특별하지 않은 것을 특별한 것으로 만들어내는 연극적 전략, 그리고 행간의 여백이 큰 희곡 언어는 욘 포세를 범상치 않은 극작가로 판단하기에 충분했다. 강량원 연출, 그리고 배우 여섯 명과 2004년 10월, 11월, 신이문역 근처 허름한 연습실에서 두 달간 이 텍스트를 함께 만났고, 그해 11월 24일, 상상블루씨어터 무대를 『이름』으로 채울 수 있었다.

이후 욘 포세의 작품에 대한 관심이 계속된 것은 당연한 일이다. 『가을날의 꿈』, 『어느 여름날』, 『겨울』의 번역은 바로 이어졌다. 세 작품 모두 무대를 가득 채우는 시로 읽었고, 번역은 며칠 밤을 새우며 단숨에 마쳤던 기억이 새롭다. 희곡의 언어 자체가 여느 희곡과 달랐다. 행간의 침묵, 소리와 소리 없음의 독특한 리듬, 깊은 성찰로 채워져 오히려 충만한 여백 — 본래 희곡의 언어 또한 시어였지 않은가. 이 아름다운 감성의 순간을 잠시라도 놓치고 싶지 않았다. 덧붙여, 한 가지 여담이지만, 당시 포세도 같은 40대, 같은 40대 나이에 성찰과 사유의 깊이가 이리 다르다는 놀라움과 경외, 질투 비슷한 어떤 것, 부끄러움 등이 겹쳤던 듯싶다. 겨우 해 볼 수 있었던 것은, 그렇다면 포세의 문학을 내 모국어로 담아낼 수 있는가 하는 실험이었다. 세 희곡 모두 그냥 남자와 여자가 사는 이야기지만 만남과 헤어짐, 사는 일과 죽는 일, 사랑하는 일을 들여다봄에 있어서『가을날의 꿈』은 더욱 특별했다. 설명하거나 표현할 수 없는, 아니 군이 설명할 필요가 없는 인생에 대한 노래, 포세가 무대에 세운 남자와 여자의 말은 그러했다.『가을날의 꿈』번역은 2006년, 송선호 연출로 국내 무대에서 새로운 생명을 얻었다. 공연을 준비하는 과정에서 송선호는 직접 노르웨이, 베르겐으로 날아가 욘 포세를 만났다. 송선호는 연극이 비껴갈 수 없는 근원적인 주제, 인간이 살아가는 일, 그 일의 본질과 한계에 대한 포세의 이야기를 듣고 왔다. 포세는 "지역과 문화가 다르다 하더라도 인생에 대해 생각하는 것은 그다지 다르지 않을 것이다"라 말했다 한다. 연극 작업에 대한, 텍스트에 대한 송선호의 철저함과 열정에 크게 놀랐고, 그때 따라가지 못한 것이 두고두고 후회로 남았다. 이처럼 진심을 다한 연출, 그리고 예수정, 김윤석 등 배우들의 섬세한 연기로『가을날의 꿈』은 2006년 7월 7일부터 7월 30일까지 극장 아룽구지에서 관객과 만났다. 『이름』이 낭독 공연 형식으로 이루어진 욘 포세의 국내 첫 소개였지만, 온전한 무대 공연으로는 〈가을날의 꿈〉이 국내 첫 소개라 할 수 있다. 당시 관객들은 다음과 같은 남자와 여자의 대화를 들으며 무슨 생각을 했을지 궁금하다.

남자

당신을 생각하고

당신을 그리워한 후

곧바로

자주

저녁에

침대에

소파에 누울 때면

당신이 있다는 걸 느껴

정말 미쳤지

여전히

어쩌면

그렇게 자주는 아니었지만

지금

가끔

어떤 식으로든 당신은 내 옆에 있어

(…)

하지만 그건 느낌일 뿐

상상일 뿐이지

만일 우리가

당신과 나

우리가 합친다면

그러면 모든 것이 사라질 거야

모든 것이

힘들고 피곤해질 거야

그러다 일이 년 지나면

우린 더 이상 함께 있지 못하게 될 거야

우린 헤어질 거야

다른 모든 사람들이

그러듯

그렇게

간단한 거야

(…)

하지만 그 사랑이란 건

어떤 식으로든

마치 자기 자신만 생각하는 것과 같을지도 몰라

아무런 고려도 없이

여자

우린 오래도록 서로를 그리워했어

하지만 우리 둘 중 아무도

말할 용기가 없었지

어쩌면

그런 말을 한다는 게 너무 위험한 것일 수도 있었지

그런데 우리는 똑같은 걸 느끼고 있었어

나도 자주 그걸

느꼈어

당신이 내 곁에 누워있는 것처럼

아니면 내가 당신 곁에 누워있는 것처럼

당신이 없는데도

당신이 있었던 거야

당신을 느꼈어

당신이 있다는 걸 알고 있었어

그래

그냥

그런 거야

(…)

이 모든 경우에도

우리가 사랑이라 부르는 건

그토록 끔찍하게 이해할 수 없는 것이고

그토록 정말 파악할 수 없는 것이지

하지만 우린 이미

사랑

그것이 있음을 느끼고 있어

　자신의 번역어가 배우의 목소리로 다시 살아나오는 것을 체험한다는 것은 희곡 번역자에게 대단한 기쁨이다. 〈가을날의 꿈〉 국내 초연은 번역자에게 이 기쁨 이외에 또 하나의 기쁨을 선물한 공연이었다. 공연의 프로듀서였던 김지영 씨는 당시 작은 출판사를 갖고 있었다. 공연 준비 단계에서 번역서 출간 이야기가 나왔다. 매우 많이 망설였다. 번역은 노르웨이어에서 직접 번역한 것이 아닌 독일어 중역이기 때문이다. 다른 한편으로, 공연까지 이루긴 했어도 중역이기에 번역이 원작의 가치를 온전히 전달할 수 있겠는가, 그 두려움이 컸다. 하지만 국내에 마땅한 노르웨이 문학 전공자가 없다는 점, 독일어를 한번 거친 것이지만 이 아름다운 희곡을 그래도 어설프게나마 국내 독자에게 ─ 희곡을 읽는 사람은 우리나라에 거의 없음에도 ─ 하루라도 빨리 보여주고 싶은 욕심이 고민을 뒤로 하고 출간을 결정하게 만들었다. 김지영 씨는 에이전시를 통해 저작권 계약을 하고 『어느 여름날』, 『가을날의 꿈』, 『겨울』, 세 편의 작품을 묶은 『가을날의 꿈. 욘 포세 희곡집』을 공연에 맞추어 흔쾌히 내주었다(도서출판 모아, 2006년 7월).

　〈가을날의 꿈〉 공연이 끝나고 읽은 작품이 『기타맨』이다. 이 희곡에 눈

길이 간 이유는 흔치 않은 남성 모노드라마라는 점이었다. 내면의 성찰에 몰입할 수 있는 모놀로그 형식에 노래가 함께하는 시적 텍스트는 그간 접해 온 욘 포세의 문학적 특징을 더욱 강하게 느끼도록 해 주었다. 공연을 위해서는 작곡이 병행되어야 하는 텍스트이기에 어려움이 있지만, 바로 그 점 때문에 이 모노드라마는 연출가와 배우에게 보다 큰 작업 공간을 열어 줄 수 있다. 이 텍스트는 "기타를 가진 한 남자"일 뿐, "실패한 발명품"이며 "아무도 이해하지 못하는 하나의 언어"로 살아가는 거리의 악사 이야기이다. 이 남자는 아내를 위해, 아들을 위해 살기 힘든 도시에 왔지만 아내는 죽고 아들에겐 인정받지 못한다. 삶의 끝자락에 와 있는 듯, 기타맨의 노래에는 절대적인 고독이 묻어나고, 모든 삶의 관계를 끊듯, 그는 기타 줄을 끊는다. 그는 자유롭고 싶다. 그의 노래는 아무도 관심을 두지 않는 그 자신만의 자유를 위한 기도이다.

> 어려운 가운데서도 절 자유롭게 하소서
>
> 절 그렇게 만들어 주소서
>
> 예전 제 모습으로 그렇게
>
> 무엇인가로 충만한 비어 있음, 그 모습으로
>
> 절
>
> 비어 있게 하소서

기타맨에게 진정한 자유는 "비어 있음"이다. "비어 있음"은 그에게 "충만한" 자유일 터이다. 놀라웠다. "충만한 비어 있음"이라니. 일찍이 정진규 시인이 노래한 구절 아닌가. 시인은 "비어 있음의 충만을 위하여"란 제목으로 시집을 냈으니, 이 기막힌 우연은 또 무엇인가. 예사롭지 않았다. 이러한 정신의 연결은 문학이 만들어 내는 필연이지 않은가. 다시 책으로 묶고 싶은 용기가 났다. 기왕에 번역해 놓은 『이름』과 『기타맨』을 묶어 출판사 지식을만드는지식에 출간 의뢰를 했고, 출판사는 선뜻 받아 주었다. 두 희곡은 2009년 5월에 출간되었다. 번역서 출간 이후 『기타맨』은 공연으로 이어지기까지 그리 오랜 시간이 걸리지 않았다. 공연은 희곡낭독공연회에서 같이 활동하던 박정희 연출로 2010년 12월 말부터 다음 해 1월 중순까지, 정보소극장에서 열렸다. 박정희 연출은 "우리의 추운 모습에 위로의 말"을 건네는 무대를 만들어 주었다. 정지훈의 음악, 배우 방승구의 연기는 절절했다.

2012년, 서울연극협회와 한국연극연출가협회가 주관하는 차세대 예술가 교육 프로그램이 있었다. 이 사업의 일환으로 연출가 부문에 다섯 명을 선정하여 공연 지원을 하였고, 그중 윤혜진이라는 젊은 연출가가 『어느 여름날』의 번역 사용 허락을 청해 왔다. 이를 계기로 작품의 번역을 다시 다듬게 되었다. 『어느 여름날』은 2013년 1월, 대학로 예술극장 소극장 무대에 올랐다.

『어느 여름날』은 과거와 현재의 시간이 교차하거나 공존하는 중년 여자의 긴 독백이 중심인 텍스트로, 역시 그 독특한 구성에서 강한 연극성을 드러낸다. 나이가 들어 중년이 된 한 여자가 젊은 시절 어느 가을날 보트를 타고 피오르 바다로 나가 사라진 남편 어슬레를 회상한다. 그 회상 가운데 조용히 들려오는 것은 중년 여자 자신의 삶에 대한 평범한 이야기이다. 누구나 인생의 과정에서 느끼게 되는 알 수 없는 불안, 외로움, 또는 사랑하는 부부 사이에 존재하는 어쩔 수 없는 간극에 대한 어쩔 수 없는 인정, 그런 평범한 삶의 모습이 문득 절절하게 가슴 깊이 들어올 때가 있다. 불현듯 내 존재의 본질에 대한 질문을 하게 되는 순간이 있지 않은가. 기타맨이 충만한 비어 있음 속에서 편안한 자유를 느끼듯, 중년 여인은 "텅 빈 커다란 고요" 안에서 자신의 삶 자체를 온전하게 받아들이고 내면의 고통을 비워낸다.

내 평생

하나의 질문과도 같았어

하나의 외침과도 같았어

우린 서로를 발견했고

우리가 서로를 발견했던 것처럼

그렇게 갑자기

우린 서로를

떠나야 했어

하지만 그게 인생이지

그런 것과 함께 살아야 하는 거야

삶이란

그런 거지

『어느 여름날』은 젊은 학생들에게도 선택을 받았다. 중앙대 대학원 공연예술학과의 극단 중앙연극은 2016년 6월, 제7회 정기 공연으로 이 작품을 무대에 올렸다(연출 김유진, 중앙대 공연예술원 스페이스 1959).

그 사이 도서출판 모아는 문을 닫았고, 『가을날의 꿈. 욘 포세 희곡집』은 절판되었다. 출판사 지식을만드는지식이 이 절판본을 재간행해 주어 번역자의 안타까움을 없애 주었다(『가을날의 꿈 외』, 2018). 이 기회에 『겨울』의 번역문장을 다시 다듬을 수 있었다. 또한 『어느 여름날』의 소설화로 읽은 『저 사람은 알레스』도 같은 시기에 출간할 기회를 얻었다.

『겨울』 또한 특별한 사건 없이 남자와 여자가 만나고 헤어지고, 다시 만나는 단순한 상황만 드러내는 2인극이다. 구성된 네 개의 장이 모두 "빈 공간"으로 지시되고, 1장과 3장에 "벤치 하나", 2장과 4장에 "더블베드 하나"만 놓이는 단순한 무대다. 양식적으로 욘 포세 문학의 특징인 간결함과 여백이 특히 두드러진다. 남자와 여자의 관계는 그냥 분명하지 않다. 예전부터 알던 사이인지, 과거에 서로 사랑했던 사이인지, 아니면 지금 사랑싸움을 벌이는 연인 관계인지 그저 불분명함 그대로일 뿐이다. 이유를 알 수 없는 분노, 비난, 애원, 유혹, 제안, 거부, 일방적인 주장, 부정도 긍정도 아닌 모호한 반응, 집착 등 남자와 여자의 만남에서 일어날 수 있는 다양한 상황이 혼재한다. 포세가 만들어낸 남자와 여자의 대화는 언어의 소통이 아니라 소리로만 거칠게 울린다. 내면의 심리, 행위의 이유, 구체적인 갈등이 전혀 없는, 모순 자체만 존재하는 비정상의 상황, 이는 또다시 포세의 희곡을 특별하게 읽게 되는 이유가 된다. 마지막 장면은 『겨울』이 보여주는 모든 상황을 함축하여 정리해 준다.

> 여자 (그의 옆에 눕는다. 남자가 여자를 안는다. 여자가 남자를 안는다.)
>
> 이건 아냐
>
> 남자 모든 건 다 그런 거야
>
> (조명 꺼진다. 어둡다.)

이 두 사람의 모습을 단순한 비정상으로 속단할 수는 없는 일이다. 삶은 그렇게 간단한 것이 아니니까. 이 글을 쓰고 있는 지금, 극단 프로젝트삼은 『겨울』의 공연을 준비 중이다(10월 18일~10월 22일, 연출 문삼화, 소극장 혜화당).

잠깐 언급한 대로 『저 사람은 알레스』는 희곡 『어느 여름날』을 연상하게만드는 소설이다. 이 작품은 2003년에 "Das ist Alise"라는 제목으로 독일어본이 먼저 출간된 후, 2004년에 노르웨이에서 출간된 특이한 경우에 속한다.어느 피오르 해안, 그곳의 외딴집, 어느 날 갑자기 사라져 버린 남자와 그를기다리는 여자, 그리고 여자의 회상, 이는 『어느 여름날』의 구성과 일치한다.사라진 남자의 이름도 어슬레로 같다. 과거와 현재가 교차하고 그 경계가 사라지는 시간 구조도 동일하다. 다만 남자에 대한 여자의 회상은 이 소설에서보다 세밀해지고 구체화한다. 특이한 것은 여자, 싱네의 남편에 대한 회상이남편의 가게, 즉 시댁의 가족사로 향한다는 점이다. 텍스트는 마침표 없이 쉼표로만 연결된 문장의 사슬이다. 그렇기에 인물의 내면에서 이루어지는 의식의 흐름은 끊어지지 않는다. 제목의 인물 "알레스"는 어슬레의 고조할머니로 소설 안에서 거의 역할이 없는 인물이나, 죽음으로 연결된 어슬레의 가족사는 알레스로부터 출발한다. 손자의 죽음 앞에 침묵으로 서 있는 할머니, 알레스의 침묵의 순간은 죽음에 관한 다양한 사유의 순간으로, 알레스는 죽음과 삶을 연결하여 사유하도록 만드는 매개체와 같다. 포세의 어느 희곡과 마찬가지로 이 소설에서도 우리는 상실, 외로움, 불안, 사랑과 그리움, 자유를 향한 갈망, 존재의 근원, 죽음 등 늘 인생에서 만나게 되는, 삶의 원형질과도 같은 그 무엇을 다시 만나게 된다.

　　외국 문학, 특히 희곡을 공부하는 사람에게 우리 연극계에 생산적인 자극을 줄 수 있는 희곡의 발굴과 번역은 의무와도 같다. 희곡은 무대에서 실현될 때 비로소 완성되는 잠재적 텍스트이기에, 우리 연극 무대의 다양한 작업을 위한 잠재적 재료를 충분히 제공하는 일은 반드시 필요한 기초 작업이기 때문이다. 사명감으로 희곡을 번역해 왔다. 이 시대의 연극이 그 토대인 희곡 언어를 상실하고 현란한 이미지와 행위, 물질성으로 가득한 때에 욘 포세의 희곡은 사라진 희곡 언어의 회복이다. 이 점에서 욘 포세 희곡의 번역은 특별한 의미가 있다. 참으로 운이 좋아서인지, 독일어를 거친 중역임에도, 우리 출판계에선 상업성과 거리가 먼 분야임에도, 번역한 욘 포세의 희곡이 모두 출간되고 공연으로 이어지는 기쁨, 그리고 그의 노벨문학상 수상으로 보다 많은 이들과 그의 아름다운 글을 공유할 기회를 얻게 되었다. 욘 포세의 희곡과 맺은 인연, 그 짝사랑이 20여 년째 계속되는 중이다. 번역자에겐 과분한 행운이 아닐 수 없다.

　　　　　　　노벨문학상과 번역 이야기

Wisława Szymborska
& Olga Tokarczuk

Wisława Szymborska

폴란드 출신 시인. 1996년 노벨문학상을 수상하였다. 대표작으로 『끝과 시작』, 『충분하다』, 『검은 노래』 등이 있으며 정곡을 찌르는 명징한 시어, 간결하면서도 절제된 표현, 냉철하지만 치열한 사유가 담긴 시를 남겼다.

Olga Tokarczuk

폴란드 출신 소설가. 2018년 노벨문학상을 수상하였다. 대표작으로 『방랑자들』, 『태고의 시간들』, 『죽은 이들의 뼈 위로 쟁기를 끌어라』, 『다정한 서술자』 등이 있으며, 기발하고 독창적이며 비범한 이야기꾼으로 불린다.

옮기는 사람들 최성은

한국외국어대학교 교수

존재의 고유한 본성을 향한 열린 시각과 공존의 가치를 일깨우다

쉼보르스카에게서 토카르추크에게로

들어가는 말: 21세기 한국의 소수어권 번역자

필자는 흔히 '소수어권'으로 분류되는 폴란드어문학 전공자이자 번역가이다. 번역의 세계에 발을 들여놓은 지 어느덧 18년째, 남들이 선뜻 선택하지 않는 언어를 전공한 덕택에 뛰어난 문인들의 작품을 번역하는 행운을 누렸다. 국내에서 이미 두터운 팬덤을 확보한 비스와바 쉼보르스카(Wisława Szymborska)를 필두로 『쿠오 바디스』의 저자이자 1905년 노벨문학상 수상자인 헨리크 시엔키에비츠(Henryk Sienkiewicz), 문학에 실존철학을 접목한 거장 비톨드 곰브로비츠(Witold Gomborwicz), 취재기록을 예술적 경지로 승화시킨 저널리스트 리샤르드 카푸시친스키(Ryszard Kapuściński), 과학과 문학의 경계를 넘어 SF의 품격을 높인 소설가 스타니스와프 렘(Stanisław Lem), 그리고 2018년도 노벨문학상 수상자인 소설가 올가 토카르추크(Olga Tokarczuk)의 대표작들까지. 원작이 이룩한 탁월한 문학적 성취에 힘입어 독자들로부터 감사하게도 많은 사랑과 관심을 받았다.

폴란드어처럼 국내에 전공자가 드문 소수언어권(요즘은 '특수외국어' 혹은 '국가전략어'라 불리기도 한다)의 문학을 번역하면서 누리는 희열을 꼽자면, 번역가이기 전에 한국에서 해당 작품의 원본을 완독한 첫 번째 독자인 경우가 대부분이라는 점, 즉 '번역'이라는 강도 높은 독서를 통해 작가의 사상과 지혜를 누구보다 빠르게 '내 것'으로 흡수할 수 있다는 짜릿함과 더불어 가장 먼저 작품의 아름다움을 접하고 감상하는 특권을 누릴 수 있다는 점이 아닐까 한다. 그리고 그렇게 느끼고 체감한 원작의 감동과 아름다움을 모국어의 영역에서 재현하면서 수많은 익명의 독자들과 나눌 수 있다는 것이야말로 문학 번역의 매력이 아닐 수 없다. 또한 단순히 글을 옮기는 작업만 하는 게 아니라 출판의 다양한 영역에 참여하면서 창의적인 활동을 경험할 수 있다는 점도 보람으로 들 수 있다. 언어의 장벽 탓에 국내 출판사나 에이전시에서 검토하기 힘든, 훌륭한 작품들을 발굴하여 소개하는 '기획자'의 역할을 담당하기도 하고, 작가와 직접 교류하면서 저작권 협약에 도움을 제공한다든지, 국내 언론과의 인터뷰를 중개하는 경우도 있다. 하지만 안타깝게도 현재 국내에서 활동하는 폴란드 문학 번역가는 필자를 포함하여 서너 명에 불과하다.

한국에서 폴란드 문학 작품이 한 권의 책으로 번역·출판되기까지는 적지 않은 어려움이 따른다. 한국어와 폴란드어의 체계나 구조가 확연히 다를 뿐 아니라 양국 간의 공식적인 교류의 역사 또한 30여 년에 불과하기에 우리 사회에서 폴란드 작가나 작품에 대한 인지도는 여전히 낮은 편이기 때문이다. 작품이 아무리 탁월하다 해도 대중성을 담보할 수 있는 안전한 기준(예를 들면, 노벨문학상과 같은 유수의 해외 문학상 수상작이거나 영화 혹은 TV 시리즈의 원작 소설로 주목받는 작품 등)을 충족시키지 않으면, 결국 출간으로까지 이어지지는 못하는 것이 냉혹한 현실이다.

현재 한국의 출판 시장에서 출판되는 번역서들을 살펴보면 영어, 일본어, 중국어, 불어, 독어, 스페인어 등 이른바 주류 언어권의 작품에 여전히 편중되어 있다. 이처럼 몇몇 특정 언어권의 문학 작품들만 집중적으로 출판된다는 것은 우리 독자들에게 편식을 강요하면서 다양한 문학의 성찬(盛饌)을 음미해 볼 수 있는 기회를 박탈하는 것이나 다름없다. 국내의 저명 출판사들이 세계문학전집 시리즈를 앞다투어 출간하고 있지만, 그 목록에는 여전히 비서구권 문학에 비해 서구권 문학이 압도적으로 많이 포함되어 있으며, 주요 언어권 위주의 서구식 정전 리스트에서 자유롭지 못한 실정이다. 중국과 일본을 제외한 다수의 아시아권 문학과 중동 및 아프리카 문학, 라틴 아메리카와 중동부 유럽 문학의 대부분이 활발히 소개되지 못하고 있다.

해당 지역 언어 전공자의 부족, 소수 문학 시장성 확보의 어려움 등 여러 가지 이유를 들 수 있겠지만, 근본적인 원인을 살펴보면, 우리가 설정해 놓은 '세계문학'의 개념이 여전히 중심 또는 주류의 기준과 평가에 매여있기 때문일 것이다. 다시 말해 우리는 비서구권 문학이 이루어낸 다양한 성취와 직접 대면하지 못하고 있으며, '해외 주요 언어권'의 평가와 선별, 그리고 중개와 경유를 통해서 그것들을 접하는 데 익숙해져 있다. 주변이 또 다른 주변과 직접 소통하지 못한 채 중심의 승인과 보장에만 의존한다면, 인류가 국경을 초월하여 문화적 감수성과 보편적 정서를 공유하고, 서로에 대한 진정한 이해를 기반으로 소통할 수 있는 길은 요원할 뿐이다.

21세기 한국에서 활동하는 소수어권 번역가로서 내가 꿈꾸는 '세계문학'은 중심의 중개를 거치지 않고, 각자의 언어들로 직접 만나 소통하는 문학이다.

폴란드 문학의 가치와 위상

폴란드는 러시아와 독일 사이, 강대국의 틈바구니에서 끊임없는 외침(外侵)을 겪으면서도 문학을 구심점으로 정체성을 지켜왔다. 수많은 풍파와 질곡에도 민족의 고유한 언어와 문화를 꿋꿋이 수호했다는 점에서 한국과 닮은 구석이 많은 나라이다. 18세기 말 폴란드는 러시아, 프로이센, 오스트리아·헝가리 제국으로부터 분할 점령당하면서 123년간 유럽 지도에서 사라지는 비운을 겪었고, 제2차 세계대전 이후 동서 냉전 시대에는 소비에트 연방의 위성국으로 전락하며 사상과 표현의 자유를 온전히 누리지 못했다. 하지만 외세의 억압과 이데올로기의 갈등 속에서도 문학의 본령을 수호하기 위해 분투한 작가들과 그들의 작품을 진심으로 아끼고 사랑하는 폴란드 국민의 열망이 더해지면서 역설적으로 국가의 수난기에 세계 그 어느 나라에서도 찾아보기 힘든 풍부한 문학적 토양이 다져졌다.

폴란드는 다섯 명이나 되는 노벨문학상 수상자를 배출한 '문학 강국'이다.[1] 노벨상 수상 직후 폴란드 언론과의 인터뷰에서 올가 토카르추크는 "폴란드의 작은 마을들에서 벌어지는 이야기를 담고 있는 나의 책들이, 그 지역성과 특수성에도 불구하고 공감을 불러일으킬 수 있으며, 전 세계의 독자들에게 의미 있게 다가갈 수 있다는 사실에 자부심을 느낀다"[2]는 소회를 남겼다. 그리고 "'지역'이라는 공간이야말로 가장 본질적인 것들을 일깨우는, 인류 체험의 보고(寶庫)"[3]임을 강조했다. 21세기 노벨문학상은 지역 문학의 구체성에 근거하면서도 시공의 경계를 뛰어넘는 상상력을 발휘하는 작품, 지역적인 소재 안에 보편적인 성찰과 해석을 녹여내는 작품을 선호하는 추세다. 지금껏 한 명도 노벨문학상을 배출하지 못한 한국 문단이 주목해야 할 지점이 아닐까 싶다.

스웨덴 한림원 또한 토카르추크에게 노벨문학상을 수여하는 자리에서 "폴란드 문학은 유럽에서 독보적으로 빛나고 있으며, 유럽의 교차로인 폴란드는 나아가 유럽의 심장이다."라는 극찬을 아끼지 않았다.

---

1 폴란드 출신의 노벨문학상 수상자로는 헨릭 시엔키에비츠(1905), 브와디스와프 레이몬트(1924), 체스와프 미워쉬(1980), 비스와바 쉼보르스카(1996), 그리고 올가 토카르추크(2018)가 있다.

2 Olga Tokarczuk(2019. 10. 10.) TVN Fakty. https://tvn24.pl/kultura-i-styl/olga-tokarczuk-literacka-nagroda-nobla-radosc-i-wzruszenie-odebraly-mi-mowe-ogromnie-dziekuje-za-wszystkie-gratulacje-ra976237-2308768

3 같은 글.

2019년 올가 토카르추크가 노벨문학상을 받기 전까지만 해도 국내에서 가장 널리 알려진 폴란드 작가는 시인이자 1996년도 노벨문학상 수상자인 비스와바 쉼보르스카(1923~2012)였다. 스웨덴 한림원은 쉼보르스카에게 노벨문학상을 수여하면서 "꼭 있어야 할 그 자리에 단어를 배치하는 위대한 평이성"에 찬사를 보냈다. 정곡을 찌르는 명징한 언어, 풍부한 상징과 은유, 간결하면서도 절제된 표현, 엄숙함과 익살스러움 사이의 절묘한 완급 조절, 냉철하지만 치열한 사유가 담긴 시인의 시들은 전 세계 독자들로부터 꾸준히 호응과 사랑을 받고 있다.

쉼보르스카는 세상 만물에 대해 애정 어린 시선을 갖고 있었고, 대상의 본질, 그러니까 그 본연의 참모습을 놓치지 않고 보는 것, 거기에 예술의 참된 가치가 있다고 믿었다. 이러한 시인의 문학관은 "시인과 세계"라는 제목의 노벨문학상 수상 기념 기조 강연에서 명확히 드러난다.

> "단어 하나하나가 모두 의미를 갖는 시어(詩語)의 세계에서는 그 어느 것 하나도 평범하고 일상적인 것은 없다."
>
> (노벨문학상 수상 기념 기조 강연 「시인과 세계」 중에서)

세계 제2차 대전과 유대인 대학살의 상흔으로 얼룩진 전후(戰後) 폴란드, "아우슈비츠 이후 시는 죽었다"는 T. 아도르노의 명제처럼 시가 그 존재가치를 상실한 아우슈비츠의 본고장이자 비극의 영토에서 쉼보르스카는 문학의 존재가치와 가능성에 물음표를 품은 채 글쓰기를 시작한 시인이다. 그래서일까, 쉼보르스카는 노벨문학상 수상 기념 기조강연에서 진정한 시인이라면 자기 자신을 향해 끊임없이 '모르겠어'를 되풀이해야 한다고 강조하며, 스스로의 무지(無知)와 한계를 솔직하게 인정하는 겸허한 자세에 대해 역설했다.

> "스스로에게 끊임없이 새로운 질문을 던지지 않는 모든 지식은 결국엔 생존에 필요한 열정을 잃게 되고, 머지않아 소멸되고 맙니다. (⋯) 그렇기 때문에 '나는 모른다'라는 두 개의 단어를 나는 높이 평가하고 싶습니다. 이 단어에는 작지만 견고한 날개가 달려 있습니다. 진정한 시인이라면 자기 자신을 향해 끊임없이 '모르겠어'를 되풀이해야 합니다.
>
> 영감, 그게 무엇이든 간에, 끊임없이 '모르겠어'라고 말하는 가운데 솟아난다는 것은 분명합니다."
>
> (노벨문학상 수상 기념 기조 강연 「시인과 세계」 중에서)

쉼보르스카의 시는 존재의 근원과 본질에 의문을 제기하고, 개인과 역사의 도식적이고 일방적인 영향 관계에 의문을 제기하고, 우리에게 익숙한 관념들, 인간 본위로 만들어진 절대적인 표상들에 의문을 제기한다. 폴란드의 문학평론가 에드바르드 발체르잔(Edward Balcerzan)은 이러한 쉼보르스카의 시의 본질을 "위대한 질문들의 시학(Poezja wielkich pytań)"이라 규정한 바 있다.[4] 시인이 남긴 300여 편의 시들은 우리로 하여금 지금껏 생각지 못했던, 혹은 관심을 돌리지 않았던 진실의 사각지대를 향해 시선을 돌리게 만들었다.

등단시집부터 유고시집에 이르기까지 총 열 두 권의 시집을 통해 쉼보르스카가 발표한 시들을 찬찬히 살펴보면, 그가 젊은 날의 총기와 반짝이는 영감, 눈부신 재능으로 주목받은 시인은 결코 아님을 알 수 있다. 쉼보르스카의 재능은 서서히 만개했고, 자신만의 고유한 색깔과 스타일을 갖추는데도 꽤 오랜 시간이 걸렸다. 대신 특유의 철학적 사유와 자유분방한 상상력이 세월의 흐름과 더불어 무르익으면서, 그가 구축한 독특한 시학은 더욱 견고해지고 깊어졌다.

쉼보르스카는 1996년 노벨문학상 수상 직후 노벨상 메달을 곧장 찬장 서랍 속에 넣어버렸다고 한다. '노벨문학상 수상자'라는 칭호는 작가에게 분명 크나큰 영예이지만, 그에 못지않게 어마어마한 기대와 책무가 따르는 굴레이기도 하다. 이러한 굴레에 갇혀 자신의 작품 활동이 위축되거나 변질되는 것을 원치 않았던 시인은 메달을 눈에 띄지 않는 곳에 보관했다. 그리고 여태껏 그래왔던 것처럼 외부 강연이나 언론 노출을 자제한 채 묵묵히 글쓰기에 전념했고, 생을 마감하는 순간까지도 펜을 놓지 않았다. 노벨상 수상 이후에도 『콜론(Dwukropek)』(2005), 『여기(Tutaj)』(2009), 그리고 유고시집 『충분하다(Wystarczy)』(2012)에 이르기까지 주옥같은 시집을 꾸준히 출

---

4   Edward Balcerzam, "Laudatio", Radość czytania Szymborskiej, (w.) Stanisliaw Balbus, Kraków 1996, p.40

간할 수 있었던 비결이 바로 여기에 있다.

끊임없는 질문과 성찰을 통해 우리가 당연히 알고 있다고 믿었던 사실과 가치와 현상들을 다시금 돌아보게 만드는 것, 그리하여 껍데기의 허상을 제거한 궁극적인 실재에 자연스럽게 다가설 수 있게 만드는 것, 이것이야말로 쉼보르스카가 구축한 독보적인 시학이라고 할 수 있을 것이다.

쉼보르스카 시의 한국어 번역, 그리고 한국 문단 수용

지금껏 국내에 출판된 쉼보르스카의 책으로는 총 3권의 시선집과 1권의 서평집이 있는데, 감사하게도 모두 필자가 번역했다. 폴란드 문학을 본격적으로 공부해야겠다는 마음을 먹게 되었고, 유학까지 다녀오게 된 계기는 순전히 학창시절에 접한 쉼보르스카의 시였다. 또한 문학 번역의 보람과 매력에 대해 실감하고, 동시에 어쩔 수 없는 한계와 엄중한 책임감을 깨닫게 된 것도 귀국 후 쉼보르스카의 시집을 번역하게 된 덕분이었다.

돌이켜보면 나의 청춘은 늘 쉼보르스카와 함께였다. 낯선 폴란드 땅에서 유학 생활을 할 때, 쉼보르스카의 시는 내게 폴란드 문학을 공부해야만 하는 이유이자 당위성이었다. 「제목이 없을 수도(Może być bez tytułu)」(1993)나 「무리 속에서(W zatrzęsieniu)」(2002)와 같은 시를 처음 접했을 때, 노장사상이나 불교 철학에서 강조하는 관계론적, 존재–해체적, 상생적 사유를 발견하고 전율했던 기억이 아직도 생생하다.

어쩌다 보니 내가 여기까지 오게 되었고, 강물을 바라보게 되었다.

내 위로 하얀 나비가 오직 자신만의 것인 날개를 파닥거리며,

내 손에 그림자를 남긴 채 포드닥 날아간다.

다른 무엇도 아니고, 그 누구의 것도 아닌, 오직 자신만의 것인

그림자를 남긴 채.

(「제목이 없을 수도」 중에서)

나는 바로 이러이러한 사람. (…)

다른 이들이 내 조상이 될 수도 있었을 텐데.

다른 둥지에서 / 날아올랐을 수도,

다른 그루터기에서 / 다른 껍데기를 쓰고 / 기어 나왔을 수도 있었을 텐
데.

(…)

나는 내 자신이 될 수도 있었다 —

일말의 의구심도 없이 / 이것은 내가 완전히 다른 누군가가

될 수도 있었음을 의미하는 것이다.

(「무리 속에서」 중에서)

처음으로 독자들과 만난 책은 『끝과 시작』으로, 대산문화재단의 외국
문학 번역 지원 사업에 지원하여 당선된 덕분에 2007년에 출간할 수 있었
다. 1957년~2005년에 출간된 아홉 권의 시집에서 시인이 직접 고른 170편
의 시가 수록된, 쉼보르스카의 대표 시선집으로 500페이지가 넘는 두꺼운

분량이다. 지금까지 개정판 포함 총 25쇄를 찍으면서 독자들로부터 또 문인들로부터 많은 관심과 사랑을 받았다. 2016년에 출간된 후속시집『충분하다』는 쉼보르스카 시인이 생전에 발표한 마지막 시집『여기(Tutaj)』(2009)와 사후에 출간된『충분하다(Wystarczy)』(2012)를 함께 묶은 시집이다. 시인이 미처 완결하지 못한 미완성 시 여섯 편과 육필 원고 사진도 함께 수록되어 있다. 2018년에는 시인의 유일한 산문집이 출간되었는데, 1967년부터 2002년까지 30여 년 동안 일간지와 문예지에 연재된 독서 칼럼 중에서 137개의 서평을 엄선하여 번역했다. 마지막으로 출간된 시집은『검은 노래(Czarna Piosenka)』(2021)이다. 이 시집은 시인의 책상 서랍에서 발견된 오래된 원고 뭉치, 즉 시인이 출판하지 않고 보관했던 초기작들을 번역한 것으로 젊은 날에 써놓았던 미공개작들 외에도 시인이 발표한 정규 시집에 수록된 시들 가운데 지금껏 국내에 번역·소개되지 않았던 작품들도 연대별로 함께 소개하였다.『끝과 시작』(2007)을 시작으로『충분하다』(2016), 그리고『검은 노래』(2021)에 이르기까지 세 권의 시선집을 통해 300여 편의 시가 한국어로 번역됨으로써 마침내 한국에서 쉼보르스카 전집이 완결된 것이다.

외국 문학 번역가로서 가장 큰 보람을 느끼는 순간은 아무래도 자신이 번역한 작품이 자국 문학의 토양을 풍요롭게 만들고, 표현의 지평을 넓히는 데 조금이나마 기여하고 있다는 사실을 확인할 때가 아닌가 한다. 그런 의미에서 내게 가장 큰 보람과 희열을 안겨준 작가는 쉼보르스카일 것이다.『끝과 시작』(2007)이 출간된 이래 쉼보르스카의 시는 지난 15년 동안 한국 문단에서 꽤 활발하게 수용되면서 한국의 문인들에게 영향과 자극을 주기도 하고, 때로는 창작의 영감을 제공하기도 했다. 몇 가지 사례를 소개하면 다음과 같다.

소설가 김연수는 "쉼보르스카의 시는 존재하는 모든 것들의 이름을 하나하나 불러낸다."[5]는 찬사를 보냈고, 편혜영 작가는 소설 『재와 빨강』(2010)에서 쉼보르스카의 시 「공짜는 없다(Nic darowane)」를 인용, 창작의 모티브로 활용하기도 했다. 시인 문정희는 쉼보르스카를 미당(未堂) 다음으로 큰 영향을 끼친 시인으로 꼽으며[6], 쉼보르스카에게 헌정하는 시 「백지」를 쓰기도 했다.

> 날개처럼 고단하고 / 외로운 사유
>
> 꿈틀거리며 꿈틀거리며 / 처녀림을 밀치고 올라오는 / 씨앗을 기다렸지[7]

심보선 시인은 구의역 스크린도어 사고로 목숨을 잃은 젊은 청년을 애도하기 위해 쉼보르스카의 시 「작은 정물이 있는 풍경」을 오마주한 자작시 「갈색 가방이 있던 역」을 발표했고[8], 2017년에는 쉼보르스카를 기리는 추모시 「심보르스카를 추억하며」를 자신의 시집에 수록했다.

---

5   김연수, 「우리는 늘 우리 바깥에 존재한다」, 〈문학과 사회〉 79호, 2007.

6   문정희, 「나를 흔든 시 한 줄」, 〈중앙일보〉, 2014. 10. 3.

7   「백지 - 쉼보르스카에게」 중에서

8   심보선, 「갈색 가방이 있던 역」, 〈중앙일보〉, 2016. 6. 10.

심보르스카를 추억하며

내게는 폴란드 고모님이 있었다. / 그녀는 4년 전 세상을 떴다.

장례식에도 가보지 못했다. / 실은 생전에 만난 적도 없다.

나와 공통점이라곤 같은 성에 같은 돌림자를 쓰고

둘 다 사회학을 공부했고 시인이라는 사실뿐 / 아, 둘 다 애연가라는 것도.

(…)

폴란드어로 씌어진 그녀의 시에는

먼 나라의 모르는 조카에게 들려주는 비밀스러운 목소리가 담겨 있었다.

(…)[9]

시인 오은은 존경하는 시인으로 쉼보르스카를 이야기하며, "죽을 때까지 시대를 응시하는 자세를 버리지 않았다는 점, 언어에 대한 자의식을 유지했다는 점"[10]에 경의를 표했다.

나희덕 시인은 쉼보르스카의 시가 한국의 시인들에게 미친 영향에 대해 다음과 같이 평가했다.

"『끝과 시작』이라는 두툼한 시집에는 1945년 이후의 초기 시부터 2000년대 후반에 발표된 시까지 망라되어 있다. (…) 시인들의 오마주도 적지 않은 편이어서 동료 시인들의 시를 읽다가 '이건 쉼보르스카 풍이군!'이라고 생각

---

9 심보선, 「심보르스카를 추억하며」, 『오늘은 잘 모르겠어』, 문학과지성사, 2017.

10 오은, 「[y인터뷰] 제1회 구상詩문학상 수상 '유에서 유'의 詩人 오은」, 〈영남일보〉 2018. 2. 24.

할 때가 종종 있다. 나 역시 쉼보르스카의 시집을 읽다가 생각의 단서를 얻어 내기도 하고 독특한 어법이나 리듬구조를 빌려 온 경우가 여러 번 있었다."[11]

김소연 시인은 2022년에 출간된 수필집 『어금니 깨물기』에서 한국 문단의 비어 있는 대지에 안착한 외국 시인으로 쉼보르스카를 꼽았다.

"한국의 시인들이 아무리 다양하게 자신들의 영토를 개척해왔다고 신뢰받을지라도, 어딘지 모르게 비어 있는 대지가 있었다고 나는 늘 생각했다. 그 대지를 지나간 시인은 있었겠지만, 그 대지에 뿌리를 내리고 살아간 시인은 없다고 표현해도 좋을, 어떤 영역. 그 영역의 주인을 단 한 명 꼽자면, 나는 한국 국적의 시인이 아니라 폴란드 국적의 비스와바 쉼보르스카를 꼽겠다. 나는 쉼보르스카가 폴란드에서 날아와 그 대지 위에 안착했다고 느꼈다. 마치, 솜털과도 같은 꽃씨가 홀연히 도착하듯이."[12]

쉼보르스카에 대한 애정을 꾸준히 표명해온 진은영 시인은 2022년에 출간한 시집 『나는 오래된 거리처럼 너를 사랑하고』에 쉼보르스카에게 헌정하는 시를 수록했다.

---

11 나희덕, 「이와 같이 나는 배웠다, 쉼보르스카에게서」, 『동리목월』 2020년 여름호.
12 김소연, 「덧없는 환희」, 『어금니 깨물기』, 마음산책, 2002.

한 시인에게 보내는 편지

— 위트 앤 시니컬에서

1.

당신은 나와 달라요 / 비스와바

당신의 시가 아름다운 이유는 / 열네 살 때 도스토예프스키 전집을 독파하고

열네 살 때 너무나 사랑하는 아버지가 / 돌아가서서일는지도 모르죠.

달라요 / 내 곁에는 아버지가 살아 계시고

여전히 나는 가난한 도둑처럼 살고 있어요

책의 셋집들을 옮겨 다니며 / 다른 이에게서 훔쳐 온 것들로 (…)

이처럼 우리말로 가장 아름다운 글을 쓰는 최전선에 있는 문인들에게 쉼보르스카의 시가 긍정적인 영향을 미칠 수 있고, 나아가 창작의 영감을 제공하고 있다는 사실에 번역가로서 보람과 감사를 느끼고 있다.

2018년도 노벨문학상 수상자: 올가 토카르추크의 작품 세계

올가 토카르추크(1962~)는 독자와 평론가들로부터 고른 찬사를 받으며, 21세기 폴란드 문단에서 독보적인 위상을 차지하고 있는 소설가이다. 인터내셔널 부커상(2018)과 노벨문학상(2018)을 통해 세계적인 작가로 자리매김

한 토카르추크는 우리 시대를 대표하는, 기발하고 독창적이고 비범한 이야기꾼이면서, 동시에 문학이 세상을 구원할 수 있다는 믿음을 간직한 채 적극적으로 행동하는 사회운동가이기도 하다.

토카르추크는 바르샤바 대학교에서 심리학을 전공했고 심리치료사로 활동하기도 했는데, '공감'을 키워드로 하는 그의 문학관을 구축하는 데 있어 매우 중요한 이력이라고 할 수 있다. 그는 심리학과 문학이 모두 '이야기'와 그에 따른 '해석'에 기반한다는 점에서 서로 밀접한 공통점이 있다고 밝혔다. 또한 칼 융의 사상과 불교 철학에도 조예가 깊다. 상호 간에 주고받는 영향의 총체로서 세상을 바라보는 관점, 그리고 타자에 대한 연민을 강조한다는 점에서 토카르추크가 불교 철학에 관심을 보이는 것은 어쩌면 당연한 일일 것이다.

토카르추크는 폴란드가 민주화를 이룩한 1989년 이후 등단한 작가이다. 베를린 장벽의 붕괴와 함께 폴란드를 비롯한 동유럽에서 사회주의 체제가 무너지면서 폴란드에서도 정치, 경제, 사회, 문화 전반에 걸쳐 급진적인 변혁기가 도래하였다. '새로운 문학'에 대한 기대와 요구가 높아지던 격동기에 작가로 데뷔한 토카르추크는 곧바로 폴란드 문단의 신성으로 주목받게 된다. 자유 노조를 구심점으로 민주화 운동이 한창이던 1980년대, 기록 문학과 참여 문학이 대세를 이루던 폴란드 문단의 경향과는 전혀 다른 주제 의식과 새로운 인물상, 작법, 형식 등을 보여주며 자신만의 뚜렷한 색채와 개성을 표출하였기 때문이다.

첫 장편이자 등단작인 『책의 인물들의 여정(Podróż ludzi księgi)』(1993)이

폴란드 출판인 협회 선정 '올해의 책'으로 선정되며 필력을 인정받은 토가르추크는 장편소설 『E.E.』(1995)와 『태고의 시간들(Prawiek i inne czasy)』(1996)을 연이어 발표했고, 40대 이전의 작가들에게 수여하는 권위 있는 문학상인 코시치엘스키 문학상을 받았다. 토카르추크의 초기작 중 대표작을 꼽으라면, 단연 『태고의 시간들』이다. 허구와 현실이 절묘하게 중첩되는 가상의 공간 '태고(Prawiek)'를 배경으로 20세기 격동의 폴란드 역사를 관통하는 마을 주민들의 치열한 삶, 그리고 태고에 뿌리를 둔 동식물과 사물, 초자연적인 존재들의 시간을 84편의 조각글로 기록하였다. 공간의 명칭으로 '아주 오랜 옛날'을 뜻하는 시간을 사용함으로써 개별적인 존재들의 시간이 켜켜이 쌓여 공간이 되고, 그 공간이 역사로, 나아가 신화로 탈바꿈하는 유구한 흐름을 보여준다.

단선적 혹은 연대기적인 흐름을 따르지 않고, 짤막한 텍스트들을 촘촘히 엮어 서사를 직조하는 토카르추크 특유의 스타일은 『태고의 시간들』을 거쳐 『낮의 집, 밤의 집(Dom dzienny, dom nocny)』(1998)으로 이어졌다. 여기서도 토카르추크는 중심 서사를 의도적으로 지우고, 대신 미시 서사를 나열하는 전략을 선택한다. 각 조각글마다 주인공이 따로 있으며, 전체적인 서사에서 주·조연의 구분이 거의 없다고 봐도 무방하다. 이처럼 토카르추크는 주류에 편입되지 못하고, 중심에서 소외된 존재들, 작은 파편과 부스러기들에 각별한 관심과 애정을 표명한다. 나아가 이러한 개별적인 조각과 파편들이 얼마든지 서로 연결될 수 있으며, 서로를 소환하고, 관계를 맺고, 상호 의존할 수 있다는 신념을 피력한다.

2007년에는 여행과 방랑, 이동을 주제로 한 116편의 크고 작은 텍스트를 모은 하이브리드 소설 『방랑자들(Bieguni)』을 발표하였다. 이 작품을 통해 토카르추크는 '인생'이라는 이름의 유랑길에 오른 인간의 존재론적 숙명, 그리고 여행과 이동을 추구하는 인류의 노마드적인 본성에 대해 성찰하였다. 『방랑자들』의 등장인물들은 모두 한곳에 정주하지 않고 쉼 없이 이동하면서, 여정의 한 좌표에서 마주쳤다가 헤어지기를 반복한다. 토카르추크는 이 관계 지향적이면서도 유동적인 텍스트를 단순한 '이야기 모음집'이 아닌, '별자리 소설(Constellation Novel)'이라고 명명하였다.[13]

> "우리가 밤하늘을 바라보면서 흩어져 있는 별들을 눈으로 연결해서 별자리를 그려보듯이 저는 독자들이 저마다 자신만의 방법으로 이 책의 이야기들을 연관 짓고 조합해보기를 원합니다. 각각의 에피소드에는 서로 유기적으로 연관되는 갈고리나 나사못 같은 것들이 감춰져 있습니다. 이러한 단서들을 연결해서 어떤 별자리를 그려내느냐 하는 것은 온전히 독자의 몫입니다."[14]

이야기의 궤도 속에서 독자들이 저마다 자유롭게 형태와 패턴을 만들

---

13 토카르추크가 『방랑자들』을 '별자리 소설'이라고 명명하자, 평론가들은 초기작 『낮의 집, 밤의 집』(1996) 또한 별자리 소설로 분류하고 있다.

14 Olga Tokarczuk (2018. 4.12) / 루이지애나 채널(Louisiana Channel)과의 인터뷰(https://www.youtube.com/watch?v=P7GRC8xfE9A).

도록 유도한 것이다. 조각글들 속에 숨겨진 '갈고리'나 '나사못' 덕분에 소설 『방랑자들』은 서로 단절된 것처럼 보이는 다양한 인물의 시공을 초월한 여행담이 별자리처럼 서로 연결될 수 있다는 메시지를 전달한다. 장르를 가늠하기 힘든 이 기이하면서도 독특한 작품[15]으로 토카르추크는 폴란드에서 최고의 권위를 자랑하는 니케(Nike) 문학상 대상(장르를 불문하고 한 권의 책만 선정해서 폴란드 대통령이 수여한다!)을 받게 된다. (『방랑자들』은 2018년 인터내셔널 부커상 수상작으로 선정되며 폴란드를 넘어 세계 문단에 큰 반향을 불러일으켰다.)

2009년 출간한 『죽은 이들의 뼈 위로 쟁기를 끌어라(Prowadź swój pług przez kości umarłych)』(2009)는 연쇄 살인 사건을 소재로 한 장르물이다. 영국의 〈가디언〉은 이 작품을 가리켜 "거침없는 실존적 스릴러"라고 극찬했지만, 토카르추크 스스로는 "모럴 스릴러"라고 규정했다. 예상을 뛰어넘는 파격적인 결말을 통해 인간 중심주의에 대한 윤리적 성찰을 촉구하는 이 작품은 동식물을 인간과 동등한 생태계의 일원으로 인식하는 생태 중심주의 사상에 기반하고 있다. 또한, 세상으로부터 소외되고 낙오된 하찮은 존재들이 자신보다 더 힘없고 연약한 존재의 불행을 아파하고 그들에게 연대의 손길을 내미는 이야기라고 할 수 있다. 2017년 폴란드 출신의 거장 아그니에슈카 홀란드(Agnieszka Holland) 감독에 의해 『흔적(Pokot)』이라는 제목으

---

15 『방랑자들』을 통해 토카르추크는 '유동하는 서사', 즉 '움직이는 서사'를 추구함으로써 여행의 혼란스러움과 두서없음을 재현해보고 싶었다고 밝힌 바 있다. 즉 '여행'이라는 주제를 가장 효과적으로 전달하기 위해 새로운 형식을 치열하게 고민했고, 『방랑자들』의 낯설고도 독특한 구성은 바로 이런 고민의 산물이라고 할 수 있을 것이다.

로 영화화되었고, 베를린 영화제에서 은곰상을 받았다.[16] 또한 영문판『죽은 이들의 뼈 위로 쟁기를 끌어라』는 2020년 인터내셔널 부커상 최종후보 6편(Short list) 중 하나로 선정되었다.

2014년 토카르추크가 5년간의 침묵을 깨고 내놓은 역사소설『야쿱의 서(Księgi Jakubowe)』는 작가의 노벨문학상 수상에 결정적인 역할을 한 대표작인데, 아쉽게도 국내에서는 아직 출간되지 못했다. 천 페이지가 넘은 이 대하소설로 토카르추크는 또 다시 니케 문학상 대상을 받으며 폴란드 문단에서 전무후무한 기록을 세웠고, 스웨덴의 쿨투르후세트 상까지 받았다. 한림원은 이 작품을 가리켜 "출간된 바로 그 순간부터 고전의 반열에 오른 걸작(opus magnum)"이라고 극찬했다. (토카르추크는『야쿱의 서』영문판으로 올해 또다시 인터내셔널 부커상 최종 후보에 올랐다.)

2019년 10월 10일 스웨덴 한림원은 '2018년도 노벨문학상 수상자'로 올가 토카르추크를 선정하면서[17] "삶의 한 형태로서 경계를 넘어서는 과정을 해박한 열정으로 그려낸 서사적 상상력"[18]에 찬사를 보냈다. 일찍이 토카르추크는 타인과 교감할 수 있는 무한한 가능성이야말로 글쓰기의 가장 큰 매력이라고 토로한 바 있다. 경계와 단절을 허무는 글쓰기, 타자를 향한 공

---

16 국내에서는 영어 제목인『스푸어(Spoor)』로 개봉되었는데, 토카르추크와 홀란드 감독이 공동으로 시나리오를 집필했다. 소설과 영화의 결말이 서로 다르므로 비교해보며 감상해보는 것도 의미가 있을 것이다.

17 2018년 한림원 종신 위원의 남편이 연루된 성 추문 파문으로 인해 수상자 선정이 이듬해로 연기되어 2019년에 이례적으로 2명의 노벨문학상 수상자를 한꺼번에 발표하였다. 2019년도 수상자는 오스트리아의 작가 페터 한트케(Peter Handke)이다.

18 https://www.nobelprize.org/prizes/literature/2018/summary/ June. 10, 2020.

감과 연민은 토카르추크의 모든 작품에서 일관되게 발견되는 특징이다.

노벨상 수상 이후 토카르추크가 처음 출간한 책은 에세이와 강연록을 모은 『다정한 서술자(Czuły narrator)』(2020)이다. 여섯 편의 에세이와 여섯 편의 강연록이 수록된 이 책에서 토카르추크는 강연자, 심리학 전공자, 열혈 독자, 에코페미니스트, 채식주의자, 사회운동가 등 다채로운 면모를 보여준다. 또한 팬데믹을 관통하고 있는 작금의 세상에 대한 날카로운 현실 진단을 통해 인류에게 반성과 성찰을 촉구하고, 전 생명체를 연결하는 글로벌 휴머니즘 연대를 제안한다. 나아가 세상의 중심에 문학이 버티고 있기에 인류에게 아직은 희망이 있음을 역설한다.

2022년 6월 토카르추크는 장편소설로는 『야쿱의 서』 이후 8년 만에 신작 『엠푸사의 향연』을 발표하였다. 토마스 만의 『마의 산』(1924)에서 영감을 얻은 이 작품에서 토카르추크는 스스로 '4인칭 서술'이라고 명명한 새로운 내러티브 기법을 시도한다.[19] 1인칭 복수인 '우리'로 지칭되는 여성들이 작중 화자로 등장하는데, 그들이 등장인물들 사이를 자유롭게 유영하며, 문학 속 가상의 세계로 독자들을 안내한다. (정작 소설 속 등장인물 중에는 여성이 아예 등장하지 않는다는 사실도 흥미로운 지점이다.)

평단에서 올가 토카르추크의 문학은 특정한 조류로 분류할 수 없다는

---

19 토카르추크에 따르면, 4인칭 서술자란 다인칭이면서 동시에 무인칭인 서술자, 각 등장인물의 개별적인 관점을 놓치지 않고 포착하면서도 동시에 전체를 포괄하는 광범위한 시야를 가진 서술자, 시간과 공간을 자유롭게 이동하는 서술자, 예를 들어 개구리의 관점에서 새의 관점으로 자유롭게 시점을 넘나드는 초월적 지위를 가진 서술자, 저자의 한계를 초월하는 서술자를 의미한다.

평가를 받고 있다. '토카르추크는 토카르추크일 뿐이다', 혹은 '토카르추크 자체가 하나의 장르다'라는 찬사가 뒤따르는 것은 그가 그만큼 독창적인 경지에 이르렀다는 의미일 것이다.

독자들에게 이미 친숙한, 안전한 장르와 형식을 거부하고, 끊임없이 문학적 실험을 거듭하는 이유에 대해 토카르추크는 "문학이 새로운 환경에 맞춰가며 끊임없이 변화와 변형을 거듭하는 건, 당연한 일"이라고 대답한다. 새로운 형식에 대해 끊임없이 고민하고, 새로운 개념, 새로운 문장, 나아가 '탈-중심적인(ex-centric) 이야기'를 지향하는 토카르추크는 작가에게 있어 "중심 또는 주류(mainstream)에 머무르려는 성향은 창의성의 측면에서 치명적"이라고 지적하며 "지적 주류만큼 창작자에게 위험한 것은 없다"고 경고한다. (『다정한 서술자 259~260쪽). 그래서 괴팍하고 기이한 성향을 뜻하는 '기벽(excentricity)'과 주류에서 탈피하고자 하는 '탈중심주의(ex-center)'를 장려하고, 소중히 가꿔야 한다는 것이다.

기벽은 자신만의 참신함과 새로움으로 무장한 채, 그동안 주목받지 못한 것과 간과된 것들을 우리에게 보여준다. (…) 기벽은 창의적인 마음가짐의 핵심이자 정수이다. (『다정한 서술자』 259~261쪽)

토카르추크의 작품 세계를 이해하기 위한 또 하나의 키워드는 '다정함' 이다.

2019년 12월 7일 한림원에서 발표한 노벨문학상 수상 기념 기조 강연

「다정한 서술자」에서 토카르추크는 인류가 직면한 현 상황을 다음과 같이 진단한다.

> 탐욕, 자연을 존중할 줄 모르는 오만, 이기주의, 상상력 결핍, 끝없는 분쟁, 책임 의식의 부재가 세상을 분열시켰고, 함부로 남용했고, 파괴할 수 있는 상태로 전락시켜 버렸습니다. (『다정한 서술자』 365쪽)

이러한 인류의 위기에 대한 대안으로 토카르추크는 '다정함'을 촉구하면서 타자에 대한 '다정함'이야말로 문학의 본령이라고 역설한다. 작가에 따르면, 다정함이란 나와 마주하는 대상(그것이 인간이든, 동식물이든)을 의인화해서 바라보고, 감정을 공유하고, 끊임없이 나와 닮은 점을 찾아낼 줄 아는 마음가짐이다. 타자에 대한 다정함을 실천하면서 우리는 비로소 이 세상이 서로 끈끈하게 연결되어 있으며 더불어 협력하고 상호 의존하고 있음을 깨닫는다.

> 문학이란 우리와 다른 모든 개별적 존재에 대한 다정함에 근거한다. 이것이 바로 소설의 기본적인 심리학적 메커니즘이다. 다정함이라는 이 놀라운 도구, 인간의 가장 정교한 소통 방식 덕분에 우리의 다양한 체험들이 시간을 여행하여 아직 태어나지 않은 누군가에까지 이르게 된다. (『다정한 서술자』 364쪽)

토카르추크는 세상 만물을 살아 움직이는 거대한 단일체로 바라본다.

만물이 유기적으로 연결된 생명공동체에서 인간은 더 이상 '만물의 영장'
도 '문명의 주인'도 아니며, 통합적이고 유기적인 생태계를 지탱하는 구성원
중 하나일 뿐이라는 것이다.

> 존재하는 모든 것이 다른 모든 것과 연결되어 있다는 발견(혹은 느낌)은 내
> 인생에서 가장 강렬하고 아찔한 체험 중 하나이다. 내게 있어, 자연은 우리
> 인간을 포함하는 하나의 커다란 유기체이며, 인간보다 훨씬 지혜로운 대상이
> 다. 나는 인간이 자연을 파괴할 수 있다고 믿지 않는다.[20]

생태계의 상호의존성과 공생관계를 강조하는 토카르추크의 사상은 모
든 존재가 서로 긴밀하게 이어져 하나의 전체로 결합되어 있다는 자연관에
서 비롯된 것이다. 그리고 이처럼 만물을 서로 끈끈하게 이어주는 연결고
리가 바로 '문학'이라고 단언한다.

> 내게 있어 문학이란 세상에 대한 이야기를 직조하는 끊임없는 과정이다.
> 상호 간의 영향과 연결이라는 통합적 관점으로 세상을 조망하는 에너지가
> 문학만큼 강력한 장르는 없다고 생각한다. 가능한 한 폭넓게 이해된다는 점
> 에서 문학은 본질적으로 '네트워크'와 유사하다. 네트워크 덕분에 하나의 존
> 재를 구성하는 모든 개체 사이에 광범위한 교감과 연결이 이루어지기 때문

---

20 올가 토카르추크, 『『태고의 시간들』 한국어판 출간 기념 인터뷰』, 〈조선일보〉, 2019. 2. 19.

이다. 그러므로 문학은 정교하고 특별한 인간의 소통 수단이다. (『다정한 서술자』 39쪽)

문학이라는 이름의 네트워크를 통해 만물이 서로 공존하고 연대하며 동반자로 조화롭게 살아가는 거대한 생명공동체, 자신의 가치를 스스로 인정하듯이 타자의 가치 또한 당연시하고 존중하는 세상, 토카르추크는 문학을 매개체로 이런 미래를 꿈꾸고 있다.

토카르추크 소설의 한국어 번역

지금까지 한국에서 출판된 토카르추크의 저서는 총 여섯 권이다. 『태고의 시간들』(2019)과 『방랑자들』(2019), 『낮의 집 밤의 집』(2020), 『죽은 이들의 뼈 위로 쟁기를 끌어라』(2020) 등 총 네 권의 장편소설과 성인들을 위한 그림책 『잃어버린 영혼』(2019), 그리고 에세이와 강연록을 모은 『다정한 서술자』(2022)가 그것이다. 이 중에서 필자는 네 권의 책을 번역했다. 『태고의 시간들』은 토카르추크가 노벨문학상을 받기 전인 2019년 2월에 출간되었고, 『방랑자들』 역시 수상자 발표 전에 이미 번역과 교정 작업이 완료되어 이른바 '노벨상 시즌'에 맞춰 한국 독자들과 만날 수 있었다. 이후 2020년 9월에 『죽은 이들의 뼈 위로 쟁기를 끌어라』가 출판되었고, 2022년 9월에는 에세이집 『다정한 서술자』의 한국어판이 불가리아어, 조지아어에 이어 세계에서 세 번째로 출간되었다. 영어나 불어, 독어, 스페인어, 러시아어, 중국어 등 주요언어권으로도 아직 번역되지 않은 신작을 한국의 독자들에게 빠르게 선보일 수 있어 번역자로서 기쁘게 생각한다.

올가 토카르추크는 지구촌 방방곡곡을 돌아다니며 다양한 여행의 경험을 쌓고 창작의 영감을 얻었다. 2006년에는 한국문학번역원이 개최한 "제1회 세계 젊은 작가 축전"에 참석하기 위해 한국을 방문한 적이 있다. 전도유망한 폴란드 작가를 추천해달라는 한국문학번역원의 요청으로 필자가 토카르추크를 추천하면서 작가와의 개인적 인연도 이때 시작되었다. 불교 철학에 관심이 많은 토카르추크는 용문사를 찾아 템플 스테이를 체험하기도 했고, 필자가 근무하는 한국외국어대학교 폴란드어과에서 특강을 한 뒤, 학생들과 함께 문학과 인생 이야기를 나누며 술잔을 기울이기도 했다. (『방랑자들』 398쪽에 나오는 '사리'에 관한 이야기는 저자의 한국 방문 체험에서 비롯된 것이다.) 함께 서울 구석구석을 돌아다니고, DMZ 비무장지대를 방문했던 기억도 새록새록 떠오른다. 채식주의자답게 비빔밥이나 나물 반찬을 맛나게 먹던 모습도 눈에 선하다. 이후 토카르추크는 언론 인터뷰에서 종종 한국에서의 추억을 회고하며, 한국에 대한 애착과 그리움을 표명하곤 한다.

토카르추크가 번역가와 적극적으로 교감하는 작가라는 건 이미 널리 알려진 사실이다. 일찍이 토카르추크는 제2회 세계 폴란드 문학 번역가 대회(2009)의 기조 강연에서 불가의 '견월망지(見月忘指)'를 인용하며 "언어라는 건, 결국 달을 가리키는 손가락이다. 번역가들 덕분에 독자들은 손가락이 아니라 달을 볼 수 있다"라는 찬사로 그 자리에 참석한 번역가들을 뭉클하게 했다. 2018년 번역가 제니퍼 크로프트(Jeniffer Croft)와 함께 『방랑자들』로 인터내셔널 부커상을 받았을 때도 "문학이란 하나의 언어에서 잉태되어 다른 여러 언어로 다시 태어나는 것이라 믿는다."라는 인상적인 수상소감을 남긴 바 있다.

2022년 9월 14일~18일, 토카르추크의 거점 활동지인 폴란드 브로츠와프에서 "제 1회 올가 토카르추크 번역가 국제회의"가 열렸다. 필자 또한 이 회의에 참석하여 전 세계 25개국에서 온 서른일곱 명의 번역가와 만났다. 올가 토카르추크 재단과 브로츠와프시(市)의 후원으로 열린 이 회의를 통해 번역가들은 서로 친분을 쌓고, 다양한 의견과 아이디어를 주고받을 수 있었다. 같은 작가의 같은 작품들을 번역했다는 공감대가 있으니, 밤을 새워도 모자랄 지경으로 토론 주제가 넘쳐났다. 브로츠와프에서 활동하는 신인 작가들과의 만남, 유튜브를 통해 생중계되는 번역가들의 경험담 발표 등 다양한 프로그램이 진행되는 가운데, 저자와의 워크숍을 통해 앞으로 계획 중인 세 편의 신작에 대한 소중한 정보도 들을 수 있었다. 제아무리 노벨상 수상자라 해도 전 세계의 번역가들을 이렇게 자신의 나라로 직접 초대해서 따뜻하게 대접하는 건 유례없는 일이 아닌가 싶다. 토카르추크 재단에 따르면, 이 국제회의는 2년에 한 번씩 열릴 예정이라고 한다.

『다정한 서술자』에서 토카르추크는 번역가를 소통과 연결, 관계 구축을 담당하는 '전령의 신' 헤르메스에 비유하면서, 인류 문명사에 끼친 문학 번역의 역할과 헌신에 격려를 보냈다. 또한 번역을 가리켜 "같은 이야기의 여러 버전을 제공하는 언어학적 다성음악(多聲音樂)"(47쪽)이라 정의한다. 번역의 공정을 '원예 기술'에 빗대어 "하나의 식물에서 가지를 잘라내어 다른 식물에 접목한 뒤, 새싹을 움트게 하고, 생장의 에너지를 모아 본격적인 가지들로 뻗어나가게 만드는 작업"이라 묘사하기도 했다. (46쪽) 필자가 지금 껏 들어본 번역에 관한 수많은 정의 중에서 손에 꼽을 정도로 아름다운 표현인 듯하다.

나가는 말: 쉼보르스카에서 토카르추크에게로

올가 토카르추크는 사회적 약자의 인권, 난민 문제, 반유대주의, 환경오염, 기후 위기, 동물권 보장 등 사회적 이슈에 적극적으로 발언하는 문인이다. 역대 수상자들에 비해 젊은 나이인 57세에 노벨문학상을 받은 토카르추크는 앞으로의 행보가 더욱 기대되는 작가이다. 그는 "세상을 위해 뭔가를 할 수 있기에 젊은 수상자라는 사실이 기쁘다"면서 "앞으로도 늘 현실을 고민하는 작가로 남고 싶다"라는 각오를 다졌다.

노벨상 수상 직후, 언론과의 인터뷰에서 토카르추크는 폴란드의 크라쿠프시(市)가 근교의 벌판에 2만 5천 그루의 나무를 심고 숲을 조성할 예정인데, 그 숲에 '태고(Prawiek)'라는 이름을 붙이기로 했다는 소식을 전하면서 "문학이 세상을 바꿀 수 있다"는 굳은 믿음을 내비쳤다. 또한 『다정한 서술자』에서는 문학 속 등장인물이 현실 세계에 직접적인 영향을 끼친 사례로 『죽은 이들의 뼈 위로 쟁기를 끌어라』의 주인공 야니나 두셰이코(Janina Duszejko)와 관련된 에피소드를 언급했다.

"'행동하는 것은 실제다'라는 철학자들의 말이 사실이라면, 야니나는 실제의 존재입니다. 심지어 비아워비에자의 원시림에 살고 있는 그녀가 이따금 거

리로 나오기도 하는데, 좀 더 정확히 말하면, 원시림을 수호하기 위해 환경운
동가들이 시위를 벌일 때, 현수막에 그녀의 이름이 등장하곤 합니다. 여기서
분명한 건, 그녀가 행동하고 있고, 우리가 살고 있는 세계에 가장 현실적인
방식으로 영향을 미치고 있다는 사실입니다." (『다정한 서술자』304쪽)

2020년 토카르추크는 노벨문학상 상금의 일부와 인세 수익을 출자하
여 "올가 토카르추크 재단(Fundacja O. Tokarczuk)"을 설립했다. 이 재단은 현
재 '미래, 평등, 창작, 다정함'이라는 네 가지 키워드를 중심으로 다양한 프
로젝트를 추진하고 있다. 사회적 약자의 권리와 자유를 수호하는 활동을
벌이고, 폴란드 문학을 전 세계에 널리 홍보하는 행사를 열고, 자연에 대한
인식을 제고하는 환경운동을 펼치는 것이 재단의 기본적인 설립 목적이다.
토카르추크 재단은 브로츠와프시(市)로부터 기증받은 19세기 저택을 개축
하여 전 세계의 작가와 번역가들이 언제든 방문하여 작품도 집필하고, 문
학과 관련한 다양한 회의나 북토크, 강연회 등을 열 수 있는 특별한 문화공
간도 조성하였다. 최근에는 브로츠와프가 속한 돌니 실롱스크(Dolny Śląsk)
주(州)의 헌법에 동물의 존재와 권한을 명시하게끔 하는 활동을 벌였고, 앞
으로는 뉴질랜드의 사례를 모범 삼아, 강과 산, 그리고 풍경에 법적인 지위
가 부여되도록 만드는 캠페인을 시작할 예정이라고 한다. 올해 폴란드에서
두 번째로 큰 강인 오데르강이 하수에 의해 심각하게 오염되었고, 수백만
마리의 물고기가 떼죽음을 당했기 때문이다. 이처럼 토카르추크와 그의
재단은 창의적인 프로젝트를 통해 지속 가능한 미래를 만드는 데 기여하고

있다.

공교롭게도 쉼보르스카 또한 자신의 활동무대였던 크라쿠프에 "비스와바 쉼보르스카 재단(Fundacja W. Szymborskiej)"을 설립했다. 현재 이 재단은 시인의 유지(遺志)를 받들어 젊은 시인들을 발굴, "쉼보르스카 문학상"을 수여하고, 다양한 문학 이벤트를 개최하는 등, 활발한 문학 지원 사업을 펼치고 있다. 걸출한 두 여성 문인, 쉼보르스카에게서 토카르추크로 계승된 '문학 재단'이라는 아름다운 전통 덕분에 폴란드는 앞으로 문화 강국으로서의 면모를 더욱 굳건히 다질 수 있을 것이다.

참고로 쉼보르스카를 배출한 크라쿠프는 2013년 10월 21일 유네스코로부터 '문학의 도시'로 선정되었고, 토카르추크를 배출한 브로츠와프 또한 2019년 10월 31일 유네스코가 지정한 '문학의 도시'로 선포되었다.

토카르추크는 언론과의 인터뷰 때마다 자신보다 23년 앞서 노벨문학상을 받은 선배 문인 쉼보르스카를 향해 경외심을 표현하고 있다.

"스스로를 '노벨상 수상자'라고 부르는 게 어색합니다. 제게 있어 노벨상 수상자는 여전히 비스와바 쉼보르스카니까요."

세대도 다르고, 집필 장르도 다르지만, 쉼보르스카와 토카르추크 사이에는 닮은 점이 있다. 인류가 실존적 부조리에 직면한 20세기 말, 시인 쉼보르스카는 존재의 고유한 본성을 향한 열린 시각을 일깨웠고, 인간 중심적 세계관을 탈피한, 폭넓은 생명 중심적 사고를 역설했다. 평범하고 일상적인 대상을 향한 시인의 겸허하고 애정 어린 시선, 그리고 자연의 미세한 숨결에 귀 기울이려는 겸허한 태도는 후배 문인 토카르추크가 '다정함'에 기반한 문학관을 구축하는 데 영향을 주었다. 두 문인 모두 자연계의 일체 사물이 존재론적으로 동등하다는 겸허한 생태친화적 자연관을 갖고 있었고, 이름 없는 생명체, 한없이 나약한 존재들에 대해 남다른 관심을 보였다. 또한, 틀에 박힌 고정관념이나 획일적인 사고를 배제하고, 절대적인 표상이나 익숙한 체계로부터 눈을 돌리라고 촉구했던 쉼보르스카의 시학은 토카르추크의 소설이 추구하는 탈중심주의 사상으로 계승되었다.

40년 터울로 폴란드가 배출한 위대한 두 여성 문인은 인간과 자연이 조화롭게 공존하는 본원적 생태계를 향한 무한한 동경, 그리고 자유분방한 우주적 상상력이 담긴 독창적인 작품들을 썼고, 또 쓰고 있다. 그들의 심오한 사유와 다정함으로 무장한 반짝이는 언어들을 우리말로 옮기는 행운을 누릴 수 있었기에 번역가로서 한없이 영광스럽고 또 행복하다.

Kazuo Ishiguro

일본계 영국 작가. 대표작인 『남아 있는 나날』로 2017년 노벨문학상을 수상하였다. 영미문학을 대표하는 작가 중 한 사람으로 꼽히며, 『나를 보내지 마』와 같은 작품은 대중에게도 널리 사랑을 받았다.

옮기는 사람들 홍한별

번역가

번역과 세계문학

가즈오 이시구로

번역은 언제나 경계에 서 있었다. 원문과 번역문 사이에 서서, 의미와 형식 가운데 어디에 중점을 둘 것인가, 혹은 베누티의 용어를 빌리면, 낯설게 둘 것인가(foreignization) 아니면 길들일 것인가(domestication)를 두고 고민했고, 번역은 여하튼 불가능하다는 좌절감과 어떻게든 그럴듯한 결과물을 만들어낼 수 있다는 기대 사이에서 때로는 이쪽 때로는 저쪽을 바라보았다. 최근에는 효율성을 확보한 기계번역과 탁월성을 추구하는 인간번역이 가장 중대한 대립항으로 떠오른 듯싶다. 경계에 있는 번역은 언제나 이러지도 저러지도 못하는, 어떻게 하더라도 타협인, 하나를 얻으면 다른 하나를 포기해야 하는 영원한 저글링이며 영영 끝나지 않는 과정인 것 같기도 하다.

그런 한편 번역은 언제나 경계를 넘는다. 번역에 기대 우리는 다른 곳에서 다른 언어로 쓰인 글을 읽는다. 정치적 이유로 금지된 저작물이 국경을 넘고 번역을 거쳐 다른 곳에 전해지기도 한다. 번역하는 사람은 작가에게 이입해서 작가가 하려는 말을 이해하려 하고 이어 독자에게 이입해서 작가의 말을 독자가 최대한 잘 받아들일 수 있도록 전달하려 한다. 이런 중재 과정을 거쳐 이야기가 경계를 넘으면, 우리는 놀랍게도 그 모든 차이 — 언어적·문화적·정치적·역사적 차이 — 에도 불구하고 낯선 이야기에 공감할 수 있음을 발견한다. 그리고 우리는 세계문학이라는 이름으로 — 세계문학이라는 것이 비록 불균등한 국제 권력 관계에서 벗어날 수 없는 구성물이라고 할지라도 — 경계를 넘은 텍스트를 향유하고 인간이 직면한 위기와 모순은 어디나 다르지 않음을 깨닫는다.

　세계문학을 원래 작품이 생겨난 국가의 지리적·문화적·언어적 경계를 넘는 작품으로 정의한다면, 2017년 노벨문학상 수상자이며 무수한 언어로 번역되어 세계 곳곳에서 널리 읽히는 가즈오 이시구로가 세계문학의 범주에 들어감은 당연하다. 세계문학이라는 개념이 성립할 수 있다는 것은 지리적·문화적·언어적으로 아무리 거리가 멀다 하더라도 이해하고 공감할 수 있는 보편성 — 혹은 발터 벤야민이 「번역가의 책무」라는 글에서 번역가가 추구해야 한다고 했던 '순수 언어'라는 것이 것이 가능하다는 의미이기도 하다.[1] 가즈오 이시구로는 이민 1.5세대로서 경계에 서 있는 특수한 위치에 있었고, 그리하여 초기작을 쓸 때부터 경계를 가로지르는 혹은 전통적·지리적 경계를 넘어서는 세계를 만들어 보편성에 다가가려 했다. 이 글에서는 이런 노력이 작품에서 대상과의 의도적인 거리로, 어떤 면에서 '번역된 듯한' 문체라는 특질로 나타난다는 점을 생각해 보려 한다.

---

[1]　Walter Benjamin, "The Task of the Translator," *Selected Writings, Volume 1: 1913-1916*, eds. Marcus Bullock, Michael W. Jennings, Belknap Press, 1996, p. 257.

가즈오 이시구로는 2017년 노벨문학상을 받은 자리에서 이런 문장으로 수상 연설을 시작했다.

여러분이 만약 1979년 가을에 나와 마주쳤다면 내 사회적인 위치가 어떤지, 심지어 내가 어떤 인종에 속하는지조차 파악하기 어려웠을 것입니다.[2]

1979년은 가즈오 이시구로가 처음으로 소설을 쓰겠다고 마음먹고 문예 창작 과정에 입학한 때이다. 이시구로는 사람들이 자신을 바라볼 때의 애매한 시선을 실마리로 삼아 작가로서 자신의 이력이 어떻게 시작되었는가 하는 이야기를 풀어나간다. 가즈오 이시구로는 1960년 다섯 살 때 나가사키에서 영국으로 이주하여 서리주 길퍼드라는 작은 시골 마을에서 자랐다. 이시구로는 자신이 아마도 "그곳 초등학교 역사상 최초의 외국인"이었을 거라며, 극히 낯선 존재였을 자신을 지역 사회에서 잘 받아들여 주었고 자신도 그곳에 잘 적응해서 지냈다고 한다. 어린 이시구로는 "당시 영국 중산층 소년에게 요구되는 매너를 완전히 숙지"하고 학교나 동네에서는 그곳에 동화되어 지냈으나, 집에 돌아오면 또 상당히 다른 생활을 했던 듯하다. "집에는 다른 규칙, 다른 기대감, 다른 언어가 있었습니다. 내 부모님의 원래 계획은 한두 해 후에 일본으로 돌아간다는 것이었습니다. 실제로 영국에 온 후로 십일 년 동안 우리는 줄곧 '다음 해'에 돌아간다는 생각 속에

---

2   가즈오 이시구로, 김남주 역, 『나의 20세기 저녁과 작은 전환점들』, 민음사, 2021, 9쪽.

서 살았습니다." 가족이 곧 일본에 돌아가리라고 생각했으므로 가즈오가 일본으로 돌아왔을 때 다시 또 적응할 수 있도록 일본에 남아 있는 친지들이 일본 청소년들이 보는 책, 만화 잡지, 교육 자료 등을 소포로 보내주곤 했다고 한다. 이런 읽을거리들과 "옛 친구들과 친척들에 대한 부모님의 대화, 일본에서 보낸 삶의 이런저런 일화들"이 "일본에 대한 이미지와 인상을 계속해서 공급해 주었"다. 그리하여 비록 다섯 살 때 이후에는 한 번도 일본에 가보지 않았으나 이시구로의 내면에는 "기억과 상상력과 추론에 의거해" 만들어낸 "감상적인 건축물"로서 일본이 존재하고 있었다.[3]

가즈오 이시구로는 영국에 적응하는 한편으로 일본을 잊지 않으려고 애쓰며 어린 시절을 보냈고, 일본인의 외모에 영국인 같은 태도를 지닌 이십 대 중반의 청년으로 자랐다. 이때 첫 장편소설을 쓰기 시작하는데, 뜻밖에도 이십 년 넘게 가본 적이 없는 일본을 소설의 배경으로 삼기로 했다. 이시구로가 자신의 상상 속 일본을 재건하여 만든 작품이 『창백한 언덕 풍경』(1982)이다. 다음으로 쓴 소설은 역시 배경이 일본인 『부유하는 세상의 화가』(1986)인데 이 작품은 부커상 후보에까지 오른다.

가즈오 이시구로가 본격적으로 소설을 쓰기 시작했을 당시의 문학적 분위기에서는 자신이 생각하기에도 이런 선택이 뜻밖이었다고 한다. 이시구로의 말에 따르면 그때는 오늘날처럼 "혼합 문화유산을 지닌 젊은 작가들이 작품에서 자신의 '뿌리'를 탐사하려는 경향"이 주된 분위기가 아닐 때

---

3   같은 책, 19~24쪽.

였고, 이른바 '다문화' 문학이 폭발적으로 생산되기 전이었기 때문이다.[4] 그렇지만 1980년대 이시구로가 첫 번째 소설을 완성했을 때 영국 문학계에서는 새로운 전환이 이루어지고 있었다. 이때 영국이 더는 세계의 중심이 아니라는 인식이 커지면서 문학계에서 영국 밖으로 눈을 돌리며 정통 앵글로색슨이 아닌 작가들에게 관심을 두기 시작했다고 이시구로는 설명한다. 살만 루슈디가 1981년 『한밤의 아이들』로 부커상을 받은 것이 중대한 지표였다. 영국이 바깥쪽으로 시선을 돌리기 시작한 때에 마침 이시구로가 일본을 소재로 삼은 소설을 썼던 것이다. 이시구로는 "내가 그때 일본인 얼굴에 일본인 이름으로 일본에 관한 책을 쓰지 않았다면, 내 책 첫 두 권을 쓰고 영국에서 받았던 관심이나 판매량에 도달하기까지 훨씬 더 오랜 시간이 걸렸을 것이라고 생각한다."라고 했다.[5]

이에 더해 이시구로가 소설에서 그려낸 '일본'이라는 장소가 실제의 일본이 아닌 이시구로의 내면에 존재하는 "사적인 일본", 가상의 일본이었다는 사실이 이시구로가 세계적인 작가가 되는 데 중요한 역할을 했으며, 이시구로도 그렇다는 점을 인식하고 있는 것으로 보인다. 곧 완전히 낯설지도 완전히 익숙하지도 않아서, 한 평론가의 말을 빌리면 "완벽한 영어 문장에서 묘한 일본적 특징이 풍기는"[6] 소설이어서 영어권 독자들이 더 쉽게 다

---

4   같은 책, 14쪽.

5   Vorda, A., Herzinger, K., & Ishiguro, K. (1991). An Interview with Kazuo Ishiguro. Mississippi Review, 20(1/2), 131-154. http://www.jstor.org/stable/20134516, pp. 133-4.

6   Mason, G., & Ishiguro, K. (1989). An Interview with Kazuo Ishiguro. Contemporary Literature, 30(3), 335-347. https://doi.org/10.2307/1208408, p. 336.

가갈 수 있었다고 하겠다. 가즈오 이시구로의 소설 첫 두 편은 영국 독자들에게 번역 소설이 아닌데도 번역 소설 같은 느낌을 주었다. 실제로 이시구로는 일본 소설 두 편을 쓸 때 번역 소설 같은 느낌—'번역성(translationese)'—을 주려 애썼다고 밝혔다. 이 두 소설은 1인칭 시점이고 일본인을 화자로 설정했다.『창백한 언덕 풍경』의 화자는 영국에 홀로 사는 중년의 일본 여성인데, 영어를 제2언어로 말하는 사람다운 느낌이 들게끔 일부러 언어에 낯설고 부자연스러운 요소를 넣었다. 한편『부유하는 세상의 화가』는 일본의 어느 가상의 도시를 배경으로 나이 많은 일본인 화가가 자신의 삶을 돌아보는 내용인데, 독자는 이 서술을 영어로 읽지만 사실은 화자가 일본어로 서술하고 있다는 설정이다(실제로는 일어나지 않은 번역 과정이 있었던 것처럼). 이시구로는 이 소설을 마치 자막이 들어 있는 영화를 볼 때처럼 영어 뒤에 다른 외국어가 있는 것처럼, 마치 '가짜 번역(pseudotranslation)' 소설처럼 썼다고 한다. 이런 효과를 주기 위해서 이시구로는 언어가 "지나치게 유창하지 않도록, 영어식 구어 표현(colloquialism)을 많이 쓰지 않으려고" 의식적으로 노력했다.[7] 같은 인터뷰에서 이시구로는 이 두 작품에서 "일본을 일종의 은유"로 사용하여, "서구 독자들이 이 현상을 일본적 현상이 아니라 인간적 현상으로 볼 수 있게 하려고 했다."라고도 했다.[8] 실제 일본이 아닌 가상의 일본을 소재로 삼고 마치 번역된 것처럼 글을 써서 대상과 글 사이에 묘

---

7   같은 글, p. 345.
8   같은 글, p. 342.

한 거리를 두었고, 이렇게 현실과 다른 층위의 세계를 그림으로써 국지성이나 특수성을 벗어난 보편성으로 다가가려 했다는 것이다.

가즈오 이시구로가 다음에 쓴 작품이 『남아 있는 나날』(1989)이다. 이 작품으로 이시구로는 부커상을 받았고, 소설이 제임스 아이보리 감독의 영화로 만들어지면서 베스트셀러가 되기도 했다. 이 소설은 주제 면에서 『부유하는 세상의 화가』와 상당히 유사한데, 삶의 말년에 이른 영국 귀족 저택의 집사가 1인칭 서술자로서 '완벽한 집사'가 되겠다는 일념으로 살았던 자신의 삶을 회고하는 내용이다. 가즈오 이시구로는 일본 배경 소설 두 편을 쓰고 나니 사람들이 자기를 일본을 대표하는 사람인 것처럼 여기고, 심지어는 다섯 살 이후에는 가본 적도 없는 일본의 현재 정세에 관한 의견을 묻기도 해서, 세 번째 소설을 쓸 때는 일부러 의식적으로 일본을 배경으로 삼지 않으려 했다고 한다. 오히려 지극히 영국적인 소재의 소설을 쓰게 되었는데, 재미있는 점은 이때 가즈오 이시구로가 '영국'에 대해 갖는 태도에서 앞서 두 소설에서 '일본'에 대해 갖는 태도와 유사한 점을 발견할 수 있다는 것이다. 이시구로는 인터뷰에서 앞선 두 일본 소설이 자신의 '사적인 일본'을 그려낸 것처럼, 영국을 배경으로 한 세 번째 소설에서는 '가공의 영국'을 그렸다고 했다. 이시구로는 『남아 있는 나날』을 "일종의 패스티쉬"로 썼으며 "그 안에서 신화적인 영국"을 만들어내려 했다. 일본인의 이름과 일본인의 얼굴을 가진 작가가 특별히 영국적인, "초-영국적인" 소설을 쓴다는 사실에서 "아이러니한 거리"가 발생했고, 그래서 실제 영국이 아닌 "은유의 영역"에 접어들 수 있었다는 것이다.[9] 이때도 앞선 두 소설에서와 마찬가지로 경계인의 위치에서 '번역'된 영국을 제시했다고 할 수 있다.

가즈오 이시구로는 성실한 리얼리즘을 통해서가 아니라 현실과 거리를 두는 글쓰기 전략을 택함으로써, 현실처럼 보이지만 신화적·은유적·설화 적인 세계로 한 걸음 갈 수 있고 어떤 맥락에도 적용될 수 있는 보편적 진 실을 이야기할 수 있다고 느꼈다. 이시구로는 노벨문학상 수상 연설에서도 『남아 있는 나날』을 집필할 때 염두에 두고 있었던 것이 "문화적, 언어적 장 벽을 넘을 수 있는 '보편적인' 소설"을 쓰는 것이었음을 밝혔다. 이시구로는 『남아 있는 나날』이 비록 "지극히 영국적인 세계처럼 보이는 것을 배경으로 하는 소설"이긴 하지만, 이 책을 쓰면서 "내 책을 읽는 사람들 모두가 영국 적인 뉘앙스와 영국인의 생각에 대해 나면서부터 잘 아는 사람들일 거라고 가정하지 않으려고 신중을 기했"다고 했다.[10] 가즈오 이시구로가 그려내는 일본과 영국은 리얼리즘의 전통을 따라 그려낸 실재 세계가 아니라 신화 적 공간이며 영국인도 일본인도 아닌 중간자적 관점에서 중재된 세계이다. 가즈오 이시구로는 의식적으로 『창백한 언덕 풍경』, 『부유하는 세상의 화 가』를 쓸 때는 일본에 대해 쓰는 영국 작가가, 『남아 있는 나날』을 쓸 때는 영국에 대해 쓰는 일본 작가가 되려 했으며, 그로 인해 만들어진 거리, 경 계에서 중재되고 번역된 듯한 느낌이 이 특수한 일본인과 영국인의 서사를

---

9 Vorda, pp. 138-140.
10 『나의 20세기 저녁과 작은 전환점들』, 30~31쪽.

누구나 공감할 수 있는 이야기로 만들었다고 할 수 있을 듯하다.

가즈오 이시구로는 이후 작품에서도 일관되게 자신이 직접 경험으로 아는 구체적인 장소나 실제로 존재하는 세계 대신 특정할 수 없는 가상의 장소나 상상으로 만들어낸 공간을 배경으로 삼았다. 이런 전략이 초기 작품의 성공에 도움이 되기도 했지만, 세계적인 작가로 인정받으면서 국지성을 벗어나야 한다는 생각이 더욱 커지기도 했을 것이다. 가즈오 이시구로는 자기 작품이 여러 언어로 번역되어 동시에 출간되리라는 사실을 인식하고, 번역 과정에서 손실이 일어날 가능성을 예민하게 의식하며 글을 쓰게 되었다. 인터뷰에서 "나는 내 언어가 번역을 거쳐 살아남기를 바란다."[11]라고 말하기도 했다. 그래서 실제로 가즈오 이시구로 소설을 보면 지역색이 드러나는 표현이나, 지명이라든가 상표명 같은 고유명사를 거의 쓰지 않는다. 특정 지역에 뿌리내린 고유한 문화를 다루는 대신 한 단계 분리된 층위의 가상 세계를 펼쳐 내 누구라도 낯섦이나 문화적 장벽을 느끼지 않고 읽을 수 있게 쓴다. 구어적 표현이나 슬랭, 영어적 관용구 같은 것도 웬만하면 쓰지 않는다. 그런 표현이 번역에서 잘 살아남을 수가 없다는 걸 알기 때문일 것이다. 한마디로 가즈오 이시구로는 번역 친화적(translation-friendly) 소설을 쓰는 작가이다.

가즈오 이시구로는 '단일한 세계문학'이란 존재할 수 없으며 세계문학이란 일종의 협업—곧 번역을 통해서 이루어질 수밖에 없음을 인식하고

---

11 Tim Adams, "For me, England is a mythical place", https://www.theguardian.com/books/2005/feb/20/fiction.kazuoishiguro

있는 것이 아닐까. 이시구로가 작품에 일부러 번역성을 부여하여 보편성에 다가가려 한 데다가, 또한 번역 가능성(translatability)을 염두에 두고 작업했기 때문에, 세계문학의 지위에 쉽게 올라섰다고 할 수도 있을 것이다. 세계의 문화적 경계가 점점 사라지면서 번역성이나 번역 가능성이 탁월한 문학의 조건 가운데 하나가 되어가고 있기도 하다. 예술 작품은 본디 단일한 어떤 것일 수 없고 널리 유통되고 개별 독자에게 향유되고 해석되면서 의미가 변하고 확장된다. 번역을 거친 작품은 원본 문화의 산물이 아니라 거기에서 비롯된 새로운 2차 창작물이라고도 할 수 있다. 그런데, 원본에 원본성이라는 것이 애초에 존재하지 않는다면? 애초부터 현실에 뿌리내리지 않은 세계를 그려 가상으로 창작된 느낌을 주도록, 번역된 느낌을 주도록 쓰였다면, 어떤 문화권으로나 쉽게 번역될 수 있도록 쓰였다면? 그런 경우라면 조금 과장해 말해 아무것도 번역 과정에서 손실되지 않을 것이며 어떤 것이든 진본이라고 할 수 있지 않을까? 이게 문학 작품이 보편성을 획득할 수 있는 조건, 번역을 거쳐 세계 어디에서나 읽힐 수 있는 조건 가운데 하나가 아닐까?

가즈오 이시구로의 문학은 일관되게 언어와 대상에 틈을 만드는 전략을 취하기 때문에, 세계에 대한 깊은 인식이나 통찰을 작품에 담아 세계문학의 지위에 오른 것이 아니라 오히려 그 반대라고 할 수 있다. 스웨덴 한림원에서는 가즈오 이시구로에게 노벨문학상을 주면서 시상 이유를 이렇게 밝혔다.

"강력한 정서적 힘을 지닌 소설들을 통해 우리가 세계와 연결되어 있다는 착각 아래 존재하는 심연을 드러냈다."

가즈오 이시구로는 늘 역사의 흐름이나 세계가 돌아가는 방식을 이해하지 못하는 평범한 개인을 서사의 중심에 위치시킨다. 이시구로의 인물은 모두 존재론적, 인식론적 한계가 있는 인물이다. 『부유하는 세상의 화가』의 주인공은 필생의 작업이 일본 파시스트 프로파간다를 선전하는 데 쓰이는데 그게 후대에 어떻게 평가될지 알지 못한다. 『남아 있는 나날』의 주인공은 집사로서 본분을 다함으로써 중요한 역할을 한다고 생각하지만 실제로는 자신이 인종주의적 악행의 도구로 쓰이고 있음을 몰랐고 가까이에 있었던 사랑의 존재조차 알아차리지 못했다. 『나를 보내지 마』, 『우리가 고아였을 때』 등의 1인칭 화자도 모두 시야가 가려져 있고 인식에 한계가 있는 인물들이다. 가즈오 이시구로 소설의 1인칭 화자의 가장 큰 특징은 '세계와 연결되어 있다는 착각', 곧 '무지'라고 할 수 있다. 마치 '번역'된 것처럼 때로 유창하지 않고 어눌한 말투로 말하는 화자, 날카로운 통찰을 하지 못하고 맹목의 안개를 두르고 있는 화자로 소설을 이끌어 간다. 가즈오 이시구로는 현란한 언어나 세련된 서술 테크닉을 무기로 쓰지 않고 평범한 1인칭 화자의 소박한 문장과 꽉꽉 억누른 축소화법으로 많은 사람의 공감을 얻었다. 우리는 한계투성이인 1인칭 화자에게 강하게 공감하며 무력감과 회한과 쓸쓸함을 내 것인 양 느낀다. 이게 가즈오 이시구로 소설이 지닌 '강력한 정서적 힘'일 것이다.

가즈오 이시구로가 노벨상을 받은 이후에 처음으로 발표한 작품이 『클라라와 태양』이다. 가즈오 이시구로는 독자들의 공감 능력을 최대한으로 늘려 보려 하는지, 늙은 일본인 화가에게, 영국 대저택의 집사에게, 의료용 클론에 공감할 수 있었다면 기계에도 감정 이입을 할 수 있겠냐고 묻는 듯하다. 『클라라와 태양』에서는 안드로이드를 1인칭 화자로 삼은 것이다. 『클라라와 태양』의 화자 클라라는 마치 어린아이처럼 경험이 없는 상태로 세상에 와서 학습을 통해 세상을 이해하려고 애쓰는 안드로이드이다. 이전 화자들보다 인식의 한계가 더욱 크게 증폭된 상태이다. 클라라는 '초지능'을 지니고 있다고 묘사되지만, 인간의 언어에 대한 이해가 어떤 면에서 번역기와 유사한 점이 있다. 사람이 쓰는 완곡한 표현을 문자 그대로의 뜻으로 받아들일 때가 있고 (예로 'reasonable hotel'이라는 말에 '저렴하다'는 뜻이 있음을 알아차리지 못한다) 암시된 의미를 파악하지 못한다. 이런 클라라의 독특한 인식이 어색한 언어로 드러나기도 한다.

2020년에 『클라라와 태양』을 내가 번역하게 되었는데, 번역 친화적인 작가인 가즈오 이시구로가 이때만큼은 쉽지만은 않은 과제를 던져 주었다고 느꼈다.

'I wonder why the Sun would go for his rest to a place like that.'

'Yeah,' Josie said. 'You'd think the Sun would need a palace, minimum. Maybe Mr McBain's done a big upgrade since I was last there.'

'I wonder when it was Josie went there.'

"왜 해가 그런 곳으로 쉬러 가는지 궁금해요."

"그러게." 조시가 말했다. "해라면 적어도 궁전 같은 데로 갈 것 같은데. 어쩌면 내가 갔다 온 뒤에 맥베인 씨가 대대적으로 보수했을지도 모르지."

"조시가 언제 거기에 갔는지 궁금해요."[12]

예로 든 부분은 클라라가 진짜 인간 아이 '조시'와 대화를 나누는 부분이다. 굵은 글씨로 표시한 부분이 클라라의 대사인데, 조시처럼 자유분방한 구어가 아니라 경직된 패턴을 따르는 듯한 말투로 말하고 있다. 가즈오 이시구로는 번역자들에게 "클라라의 개인어를 번역할 때 그 이상한 느낌을 그대로 유지해서 번역해 주길 바란다."라고 특별히 주문했다. 사람들이 일상적으로 쓰는 언어로 변환하지 말고 그대로 써야 자신이 의도한 효과를 이룰 수 있다고 했다.[13]

인공지능이 번역가를 가장 크게 위협하는 존재로 부상한 뒤로, 나는 번역하면서 늘 기계가 할 수 있는 번역, 인간이 할 수 있는 번역이 다르다는 점을 의식하는 게 습관처럼 되어 있는 터였다. 기계는 예측 가능한 패턴으로, 가장 많은 이가 가는 길로 가지만, 사람은 텍스트에 드러나 있지 않은 여러 복잡한 맥락을 고려해 종종 (기계가 보기에는) 의외의 선택을 하기 마련이다. 그래서 번역할 때는 자동적·기계적으로 떠오르는 번역을 밀어내

---

12 Kazuo Ishiguro, Klara and the Sun, Knopf, 2021; 가즈오 이시구로, 홍한별 역, 『클라라와 태양』, 민음사, 2021.

13 Email, to the translators of KLARA AND THE SUN from Kazuo Ishiguro, 2020. 6. 29.

고 좀 더 자연스럽고 좀 더 맥락에 어울리는 번역을 찾으려고 애쓴다. 그런데 이 책을 번역할 때만은, 내가 기계의 마음이 되어서 클라라가 어떤 방식으로 사고하는지 상상해야 했고, 때로는 마치 인공지능 번역기가 된 것처럼 번역해야 할 때도 있었다. 저자가 주문한 대로 클라라의 독특한 개인어를 자연스러운 표현으로 고치지 않고 있는 그대로의 문자적 의미로 옮겼다. 한 가지 예를 들자면 클라라가 종종 쓰는 말 중에서 'high-rank clothes'라는 말이 있는데, 클라라가 어떤 사람을 처음 보면 겉모습을 파악하면서 입은 옷이 어떤 급인지 판단할 때 나오는 말이다. 일상어에서는 잘 안 쓰는 말이고 구글에서 이 문구를 검색해 보면 게임이나 역사적 맥락에서만 드물게 검색 결과가 나온다. 흔히 쓰는 한국어 표현인 '고급 옷' 등으로 번역하면 클라라의 독특한 개인어라는 사실이 드러나지 않기 때문에 어색하지만 '등급이 높은 옷'이라고 옮겼다. 그런데 책이 출간된 뒤에 온라인 서점에 올라온 독자평 가운데 딱 그 부분을 지적하면서 '등급이 높은 옷'이라는 말을 하는 사람이 어디 있냐며 번역을 비판하는 독자평이 있었다. 그러니까 클라라의 말투를 그대로 살린 내 번역이 지나친 '번역투' 혹은 '기계로 번역한 것 같은 어색한 번역'이라고 비판을 받는, 억울하기도 하지만 충분히 예상 가능했던 (어떤 면에서 내가 의도한 것이기도 했던) 결과가 있었다. 인간의 말투를 흉내 내지만 어딘가 어색한 클라라의 말투도 일종의 번역성을 띠고, 이 번역성이 실제 번역을 거친 뒤에는 번역투로 오해되기도 한다.

『클라라와 태양』에서 클라라의 말투는 클라라가 안드로이드라는 사실을 환기하는 역할도 하지만, 클라라가 관찰하는 대상인 인간세계와 클라라의 인식 사이에 틈을 만들어, 독자들도 거리를 두고 현상을 바라보며 인간성이란 무엇인가라는 의문을 던지게 한다는 점에서 중요한 의미가 있다. 가즈오 이시구로는 화자의 말투에 번역성 혹은 의식의 맹점을 부여해 언어와 현실 사이에 엷은 베일을 드리우는 한편, 이런 장치로 복잡하고 폭압적인 세계를 파악하지 못하고 희생양이 될 수밖에 없는 개인의 처지를 드러내곤 한다.

살펴본 바와 같이 가즈오 이시구로의 소설은 실제 세계를 기반으로 하지 않고, 한계가 있는 1인칭 화자에 의해 중재 혹은 번역된 듯 이야기를 전달하며, 번역을 거치더라도 손실이 적도록 일부러 번역 가능성을 염두에 두고 쓰였다는 등의 특징을 갖는다. 작품이 번역을 거치며 원본성을 잃는 대신 확산성을 얻듯이, 가즈오 이시구로는 '번역된 듯한' 혹은 '번역하기 쉬운' 글을 씀으로써 보편성을 얻으려 했다. 이런 특성이 가즈오 이시구로 소설이 세계문학의 지위로 부상하는 데 도움이 되었다. 그렇기 때문에 이시구로 소설의 화자가 끌어내는 보편적 공감은, 과거 영국 문학이 패권 국가의 문학으로서 자동으로 보편성을 획득했던 경우와는 다르다. 오히려 거대해지는 세계에서 점점 작아지는 개인의 온전할 수 없는 인식이라는 점에서 보편적이다. 이시구로는 종종 국가 사이의 경계, 변화하는 두 세계 사이의 경계, 혹은 인간과 비인간 사이의 경계에 위치한 화자를 이용해 이런 분절된 인식을 강조했다. 이런 점을 가즈오 이시구로의 문체적 특성과 긴밀히 연결된 작가만의 주제 의식이라고 한다면, 『클라라와 태양』에서는 아예 화자를 인간이 아닌 인공지능으로 설정함으로써, 세계 인식에 더욱 큰 맹점을 만들었다. 그럼에도 『클라라와 태양』의 마지막 장면에 이르러 클라라가 자신의 이야기를 담담하게 예의 기계적인 어조를 유지하며 마무리할 때 독자들은 충격적인 경험을 한다. 어쩌면 클라라는 느끼지 않을지도 모를 강력한 슬픔을 독자들이 대신 느끼게 되는 것이다. 문학의 한계, 공감의 한계는 없다는 걸 깨닫는 경험이다.

번역은 원문이 생산된 공간과 번역문이 소비되는 공간 사이 경계에 제3의 지대를 만든다. 번역된 세계는 가즈오 이시구로가 만들어내려 했던 세상에 존재하지 않는 가상의 세계처럼, 완벽한 언어적 소통이 이루어지지 않음에도 불구하고 공감할 수 있는 공간이다. 가즈오 이시구로는 문학이 다른 곳 다른 시간대에 사는 서로 다른 사람들 사이에서 공감과 이해를 이루는 데에 번역이 중요한 역할을 한다는 사실을 누구보다 잘 아는 작가이다. 언어와 문화의 차이는 번역은 불가능하다고 말하지만, 보편적인 인간성은 문학을 통해 그 어떤 대상과도 교감할 수 있다고 말한다.

필자 소개

● 알리는 사람들(기자)

곽아람

주중에는 기사를, 주말에는 책을 쓴다. 〈조선일보〉 문화부 출판팀장으로 일하고 있으며『쓰는 직업』,『나의 뉴욕 수업』,『공부의 위로』등의 에세이를 썼다.

최재봉

〈한겨레신문〉에서 30년 동안 문학담당 기자로 일했다. 저서『거울나라의 작가들』과 번역서『악평』을 비롯해 몇 권의 책을 냈다.

● 펴내는 사람들(편집자)

김경은

편집자. 창비와 문학동네에서 세계문학전집을 만들었다.

이정화

문학과 철학과 미학을 공부했다. 문화예술 관련 매체에 칼럼, 미술 비평 등을 게재하고 있으며, 민음사 해외문학팀 편집자로서 일하고 있다. 지은 책으로『나의 손이 내게 말했다』(책나물)가 있다.

송병선

콜롬비아의 하베리아나 대학교에서 전임교수를 지냈으며, 현재 울산대학교 스페인중남미학과 교수로 재직하고 있다.

이난아

한국외국어대학교 터키어과를 졸업하고, 국립이스탄불 대학교에서 문학석사 학위, 국립 앙카라대학교에서 문학박사학위를 받았다. 터키문학과 한국문학 을 양국에 활발하게 소개하고 있다. 현재 한국외국어대학교 터키·아제르바 이잔어과에 교수로 재직하고 있다.

정은귀

한국외국어대학교 교수·작가·번역가. 시가 사람을 살리는 말의 씨앗이 됨을 믿으며 한영, 영한 시 번역을 하고, 시의 힘을 정성껏 나누고 있다.

정민영

현대 독일희곡을 전공하고 많은 독일희곡을 우리말로 옮겼으며, 한국외국어 대학교 독일어과 교수로 재직하고 있다.

최성은

한국외국어대학교 폴란드어과 교수, 번역가. 토카르추크와 쉼보르스카의 작 품을 필두로 50여 권의 폴란드 문학을 우리말로 번역하였다.

홍한별

번역가. 『클라라와 태양』을 비롯해 80여 권의 책을 번역했고 『아무튼 사전』, 『우리는 아름답게 어긋나지』(공저) 등을 썼다. 『밀크맨』으로 제14회 유영번역 상을 수상했다.

노벨문학상과 번역 이야기

초판 인쇄	2023년 11월 16일
초판 발행	2023년 11월 24일

지은이	정은귀 곽아람 최재봉 김경은 이정화 송병선 이난아 정민영 최성은 홍한별
발행인	고윤성
기획	신선호 박경민
편집장	장혜정
도서편집	박미현
디자인	정정은 김대욱 최재영
인사행정	이근영
재무회계	김문규 정예찬
전자책·사전	이지현
캐릭터	변혜준
발행처	한국외국어대학교 지식출판콘텐츠원
	02450 서울특별시 동대문구 이문로 107
	전화 02)2173-2494~7
	FAX 02)2173-3363
	홈페이지 http://press.hufs.ac.kr
	전자우편 press@hufs.ac.kr
	출판등록 제6-6호(1969. 4. 30)
인쇄·제본	(주)케이랩 053)583-6885

ISBN 979-11-5901-982-1 [03800]   정가: 17,000원

* 잘못된 책은 교환하여 드립니다.

불법복사는 지적재산을 훔치는 범죄행위입니다.
저작권법 제136조(권리의 침해죄)에 따라 위반자는 5년 이하의
징역 또는 5천만 원 이하의 벌금에 처하거나 이를 병과할 수 있습니다.

HUEBOOKS 는 한국외국어대학교 지식출판콘텐츠원의 인문학도서 Sub Brand이다. 한국외대의 영문명인 HUFS, 사람을 위하는 Humanism, 교육의 Education, 색조의 Hue의 다의적인 뜻으로 해석할 수 있으며, 인문학도서 출판에 대한 의지가 담겨있다.